魔法使いと契約結婚②

一不小心就和魔法師契約結婚了 2

危險的追求者 vs. 吃醋的丈夫

あぶない後輩と
やきもちな旦那様

三萩千夜 著

涂紋凰 譯

目錄

角色介紹

たかやまみづき
高山深月

在婚顧公司工作、逼近三十歲大關的單身員工。工作能幹，但日常生活頹廢，是個只要有人拜託就很難推辭的濫好人。

タロウ
太郎

很會照護人的黑貓，說話口吻像有學問的黑道大哥。桐谷的朋友。

ヅョー
小讓

元氣過度旺盛，吵吵鬧鬧的混混烏鴉。桐谷的朋友。

ひろみゆうと
廣海夕人

深月公司的新人。個性輕浮的「問題兒童」，走華麗浮誇的路線，同時也是魔法師，和桐谷是舊識。

きりやみつる
桐谷充

帥哥魔法師。擁有擅長撒嬌的老么性格，但什麼都會。生日前一天倒在路邊，被深月撿回家。

前言✦未定的結婚計畫？

「我今年的目標是讓深月小姐比去年更幸福。」

一月一日。過了午夜十二點，全日本都響起除夕鐘聲的時候——

在彼此互道新年快樂之後，和深月締結契約婚姻的帥哥魔法師桐谷這樣宣示。

深月回想這段日子，覺得去年已經很幸福了。

去年夏天的某個夜晚，疲憊不堪、年近三十歲的上班族高山深月撿回了倒在路邊的絕世美男桐谷。

隔天早上，他自稱自己是一名「魔法師」。

桐谷用肉眼看不見的不可思議「魔法」沖泡咖啡，還告訴深月，魔法師一旦到了二十五歲，大自然就不會再提供「魔力」，也無法自由地使用魔法了。

——「為了讓我繼續當魔法師，請妳和我契約結婚。」

他懇切地拜託深月，和魔法師締結與一般人類不同的「契約婚姻」。

這是以結婚的形式，讓魔法師能夠從簽約者身上持續獲得魔力的契約關係。簽約者透過提供「愛」給予魔法師魔力，如此一來即便過了二十五歲，魔法師也能夠持續使用魔法。

當時的深月對於每天像轉緊發條似的工作和承受來自周遭的結婚壓力，以及骯髒的屋子和頹廢的飲食生活感到疲憊，所以成功地被他高超的家務能力和「我會讓妳幸福」這句話說服，決定嘗試和他同居。

桐谷沒有違背承諾，每天都親手製作美味的料理，完美達成打掃洗衣的工作，而且在深月有困難時也會伸出援手，每天都讓深月過得很幸福。

和他同居，每天都過得很充實……深月無法想像，還有比這個更幸福的事情了。深月覺得這樣就已經很足夠，心裡感到非常滿意。

然而，過了半天之後的現在——

「好、好幸福……哇啊，每一樣都好好吃喔……」

對著木盒裡豪華的山珍海味，深月感動地這麼說。

這些全部都是桐谷親手做的料理。

活用食材原味的甜煮蝦、烤螃蟹；溫和調味山產的築前煮等燉煮料理；香甜柔軟的伊達卷搭配煮得蓬鬆又有光澤的黑豆、鯡魚卵、蜜汁核桃小魚干等三種節慶菜餚；適合去油解膩的醋漬蘿蔔絲；仔細過篩、口感滑順的栗子金團……每一樣都不是現成的熟食，而且還是深月至今吃過最好吃的料理。

大過年就吃到美食，讓人覺得味蕾非常幸福。

「妳這麼喜歡，我努力做菜就有價值了。」

看深月感動到快要哭出來的樣子，桐谷滿足地笑了出來。

明明準備了這麼多，他卻一點也沒有露出得意的樣子。看樣子，他看到深月開心的樣子真的很高興。

「你在我睡覺的時候準備了這麼豪華的料理……是說，才半天要怎麼做？應該有很多要準備的東西，沒辦法輕鬆完成吧？」

「是啊，兩天前就已經開始準備了。」

「果、果然是這樣……真的很謝謝你，也很抱歉。」

「沒關係啦，畢竟深月小姐一路忙到聖誕節，而且我也喜歡看妳吃得很香的樣子。」

桐谷隔著年菜噗哧一笑。

他的笑臉，好像讓料理變得更美味了。就像施了魔法一樣。

「……我第一次吃到這麼好吃的年菜。而且，過年只有一個人也不會準備，回老家的時候才會吃年菜。」

「嗯，我自己一個人的話也不會特別做。我想深月小姐會想吃，所以才做的。那妳在老家的時候，是誰做年菜啊？」

「媽媽會準備，我和妹妹、爸爸都只負責吃——」

就在這個時候，深月的手機響了。

看到手機畫面，就覺得「說曹操、曹操到」。是媽媽打來的。

「喂——」深月接起電話。

『喂，深月啊，新年快樂！妳過得好嗎？』

「新年快樂！我過得很好啊！」

『有大掃除嗎？有沒有吃年節料理？妳該不會又在堆滿垃圾的房間裡，一直吃便利商店的便當或泡麵吧？』

深月保持把手機貼在耳朵上的姿勢，環視整個屋內。

媽媽大概難以想像，屋內每個角落都打掃得乾乾淨淨、閃閃發光。每天都是這個樣子，所以也不覺得需要大掃除了。

而且，眼前還有豪華的年菜料理，媽媽擔心的便利商店便當和泡麵，完全不存在。

「沒、沒問題啦……我是說今年喔。大家都過得好嗎？」

『很好啊——尤其是——啊，等一下。』

『老姐，新年快樂！』

媽媽的聲音消失在電話另一頭，取而代之的是朝氣蓬勃的年輕聲音。

聽到這個才剛過年就火力全開的聲音，讓深月不禁苦笑。

「啊哈哈……柚月還是這麼活力充沛。」

柚月是深月的妹妹。

兩個人差八歲，所以柚月現在是大學三年級。深月離開老家的時候，柚月才讀國中，每次回老家都會看到她不斷長大，每次見面，柚月都像換了一個人。

不過，聽電話裡的聲音，她活力充沛這一點倒是一直沒變。

『欸欸，老姐，妳過年不回來嗎？我的就職活動暫時休息，想跟妳一起玩的說——啊！』

『欸，快點把電話還來……真是的，柚月太活潑真令人頭痛啊！』

媽媽好像把電話搶回來了。

雖然深月沒有親眼看到，但是完全可以想像電話另一端的光景。

『爸爸也在問說妳真的不回家嗎？』

「不是啊，都已經過完年了……新幹線應該也訂不到票了。」

『不是過年也沒關係啊！週末休息的時候回家一趟不就好了？妳看，過完年不是時機正好嗎？』

「什麼時機正好？」

『相親啊！』

呃，深月瞬間僵住。

眼神與她剛好對上的桐谷歪著頭，露出一副「怎麼了嗎？」的表情，深月趕緊搖搖頭表示沒什麼。

「我、我才不相親。」

『可是，妳阿姨鬥志滿滿耶。她說會拚命幫妳找對象，所以要妳回家的時候一定要跟對方見上一面。』

「不對不對，想要我相親的人是媽媽吧！」

這樣回嘴之後，媽媽反而在電話那一頭說：『這我是不否認啦！』

『只是去相親而已，有什麼關係？先去見個面，如果覺得不錯就繼續交往，反正妳現在也沒有對象吧？』

「現在喔……」

媽媽這樣問，深月便一直盯著桐谷。

……我有對象啊。

而且，連婚都結了。

雖然說是結婚，但這個婚和一般婚姻不同，是「和魔法師之間的契約婚姻」。

不過，這對普通人來說太奇怪了，告訴家人這件事應該不太妙。

……要怎麼回答才能蒙混過關呢？

正當深月在思考這個問題的時候……

『老姐，妳現在該不會有男朋友吧？』

電話又再度回到柚月手上。

她應該又搶了媽媽的電話。

「呃，也不能算是男朋友……」

『蛤～那是什麼？啊，該不會是……不可告人的關係？』

妹妹的聲音聽起來已經擅自想像成姐姐正在談不倫戀，又或者是只有肉體關係的戀愛，深月則是大聲否定。

「為什麼妳會想到那裡去啊？」

『畢竟老姐的前男友很渣啊！所以感覺妳會朝禁忌的戀愛發展。』

被這樣一說，深月無法回嘴。

悲慘的是，自己沒辦法否認前男友的確很渣。

「總、總之，妳跟媽說我不會去相親啦！再見！」

『呃，等一下啦，老姐——』

深月馬上掛斷電話。

唉——用力嘆了一口氣後，一杯茶就遞到眼前了。

「桐谷，謝謝你……」

「家人逼妳去相親嗎？」

「嗯，差不多啦。」

「妳要去相親嗎……」

「不去不去。」

深月出言否認後，桐谷一臉鬆了口氣的樣子說：「太好了。」

從桐谷說的話和由衷放心的表情，深月可以感覺到他真的很喜歡自己。

幾天前還沒過年的時候，他也對深月說過：「我很喜歡深月小姐。」也是在那個時候，他對深月說希望能正常結婚，而非只是締結和魔法師之間的契約婚姻。

當時反而是深月什麼都沒說。

雖然心裡覺得，如果是桐谷的話，直接結婚也可以——但是想到很多事情，令深月猶豫不決。

現在這樣已經很幸福了，一想到萬一結了婚反而會讓現在平穩舒適的生活以及和桐谷之間的關係生變，她就難免會認為「不必拘泥於結婚這個形式也無所謂」。

因為這樣，深月遲遲沒有向他表明心意。

（不過，如果魔力的來源就是愛，那他該不會早就知道我的心意了？總覺得他沒有感受到，難道是桐谷太遲鈍了嗎……）

「……我去跟妳的家人打聲招呼的話，深月小姐可能就不用再被逼去相親了。」

桐谷對正陷入思考的深月低聲說出自己的提議。

「妳覺得怎麼樣？」他對上深月的視線後，難為情地微微一笑。

「還是說，我不夠有說服力……？」

「沒、沒那回事！你不是沒有說服力……反而是太有說服力了。我的家人很有可能會太過興奮，然後無視我們兩個，自己瞎起鬨。」

見父母、婚禮、宴客……

一旦把桐谷的事情告訴家人，不用想也知道話題會馬上跳到那裡去。

而且，深月本來就不是一個能應付結婚以及相關活動的人。

因為她本來就覺得自己一輩子單身都無所謂，如果能和桐谷在一起，一直維持舒適的同居生活，不拘泥於形式也是無所謂的。

雖然不知道桐谷怎麼想，但是深月可以斷言，家人一定會在意那些形式。桐谷帥到連嚎啕大哭的小孩看到他都會忘記要繼續哭，這樣的人成為大女兒的男朋友，媽媽和妹妹一定會說：「好東西要跟大家分享啊！」然後召集親朋好友，竭盡全力逼自己辦婚禮。

（是說，如果真的要結婚，應該會是西式的婚禮，那就要和桐谷接吻了吧……）

深月的視線自然而然朝向桐谷的嘴唇。

漂亮的薄唇……正用筷子夾起燉煮蛤蜊往嘴裡送的桐谷感受到深月的視線。

深月慌慌張張地避開眼神。不對不對，我到底在想什麼啊！深月一邊反省，一邊和桐谷一起吃燉煮蛤蜊以免他問起。嗯，這道菜也好好吃。本來打算把注意力轉移到料理上，但實際上並不順利。

兩人本來就連手都沒牽過，也沒有擁抱過。

彼此之間的柏拉圖式戀愛，要是旁人知道，一定會嚇一跳。

儘管深月也知道，明明都已經到了跳過好幾個步驟直達終點也不奇怪的年齡，但江山易改本性難移，自己就是這種個性也沒辦法。不過，在這種狀態下，還得在婚宴的賓客面前，沒有心理準備和事前綵排就來個誓言之吻……而且還是兩個人第一次接吻……

「……嗯，不行，絕對不行。」

「嗯？深、深月小姐？」

「如果真的走到那一步，這個步驟就先跳過。畢竟這一段應該是可以按照個人意願決定才對。」

「要跳過什麼？」

「啊，沒事！什麼也沒有……」

深月用力揮手。

面對目瞪口呆的桐谷，深月只能笑著帶過。

「呃……總之，我暫時還不想把你介紹給家人。等過完年假，工作又會開始變忙，如果又要把你介紹給家人，感覺會忙不過來。」

「啊，說得也是。深月小姐的工作一直都很忙啊。」

「我不希望生活步調被打亂……而且，如果我家人說要讓雙方父母見面，你不會覺得很困擾嗎？」

「啊──」深月這樣一問，桐谷便吞吞吐吐。

他以前就說過，和老家有過很多不愉快所以一直沒回去。深月的父母很可能會追問這件事。

「因為還有這些問題存在，所以我想還是暫時不要告訴他們比較好。尤其是我妹妹根本就是行走的擴音機，我不能隨便開口。我們還是按部就班來比較好。」

「按部就班來嗎……原來如此，按部就班的確很重要。」

深月說完，桐谷就用手抵著下巴。

他陷入沉思，盯著深月的左手，喃喃叨唸「尺寸應該是九號……不對，還是八號？」之類的話，但是沒有結論。

「罷了，這些事情就先放到一邊吧。現在吃飯比較重要。」

深月結束話題，把筷子伸向色彩豐富的木盒。

思考要吃哪一道菜，才是當務之急啊！因此，關於要不要把他介紹給家人之類的事情，現在還不需要思考，暫且拋諸腦後。

然而，偏偏就在深月選擇樂觀面對的時候，事情突然開始急遽變動。

第一章✦（未來）姐夫，假裝自己是普通人

事情發生在初二。

新年的和煦朝陽從窗簾透到床上，現在是年假期間，所以深月還在呼呼大睡。

「深月小姐……深月小姐……！」

深月被搖了搖才終於醒來。

——眼前出現的是桐谷英俊的臉蛋。

「呃，你、你為什麼會在我房間裡？」

深月嚇了一跳連忙逃到床尾，桐谷慌張地舉起雙手並拉開距離說：「我什麼都沒做！」

深月懷疑自己被親了，心裡非常焦急，而桐谷一臉無奈地解釋：

「打擾妳睡覺我很抱歉……不過，現在有點麻煩。」

「麻煩？」深月眨了眨眼，就在這個時候——

叮咚、叮咚——門鈴響了。「啊，又在催了……」桐谷開始慌張。

「那個，該不會是有人來了吧？」
「對……是深月小姐的妹妹。」
「呃，難道是柚月？」
深月從床上彈起來，撇下桐谷急忙衝到玄關。
對講機的畫面上，映著雖然長大但仍然很熟悉的臉龐。
沒錯，她就是深月的妹妹，二十一歲的高山柚月。
「等等……柚月，妳怎麼在這裡？」
『啊，老姐！雖然電話裡已經說過，但還是要祝妳新年——』
「新年……現在不是說這個的時候！」
『我來了♪』
深月不禁抱頭苦惱。
從老家到這裡，搭新幹線也要好幾個小時，不是說來就能來的距離。現在是早上十點……她應該是搭早上第一班車來的。
『老姐，外面很冷耶——讓我進去啦——』
妹妹像個任性小孩一樣吵著要進屋，深月出言制止，要她小聲一點。深月可不想大過年的就因為噪音問題而和鄰居產生齟齬。
「那個啊，妳突然跑來，我也很困擾啊。」

『為什麼？』

覺得姐姐開門讓她進屋理所當然的柚月一陣傻眼。

『是說，剛剛回應對講機的人是誰？妳昨天在電話裡提到的人嗎？』

面對柚月的問題，深月一時語塞。

轉身往後一看，桐谷一臉擔心地從客廳探出頭來。

桐谷的朋友——成為高山家寵物的黑貓太郎也開始戒備，躲在桐谷的腳邊。

「抱歉，我不小心接起對講機了……」

「那也是沒辦法的事，應該是我妹妹比較抱歉……怎麼辦……」

「我是沒關係……那個，深月小姐覺得我躲起來比較好嗎？」

桐谷小心翼翼地問。

他是在替深月擔心，向家人公開兩人的關係會不會有問題。

如昨天對桐谷說的話，深月的確希望能夠暫緩公開桐谷的存在。

「可是，我妹已經知道你的存在了，躲起來也沒意義，不是嗎？」

「雖然這樣做不太好，但是可以用魔法對記憶動一點手腳……」

「連、連這種事都能辦到嗎？該不會連我的記憶也——」

「不，我對深月小姐應該沒辦法施展這種魔法。這不是對每個人都管用，只是因為我和妹妹的緣分尚淺……所以可以讓她覺得剛才是自己的錯覺，但這對妳妹妹來說不會有任何危險。」

「原來如此，既然這樣就……不對，等等。」

妹妹是行走的擴音機，而且還出乎意料地敏銳。

如果就這樣趕她回去，還不知道她會從「自己的錯覺」捏造出什麼樣的傳聞，這樣非常危險。

反之，如果能巧妙拉攏她，讓她不要擅自暴走，那之後的事情就好辦了。再說，妹妹不知道什麼時候才要回家，讓桐谷一直關在房間裡也太可憐了。

更何況，深月自己希望休假期間可以和他一起度過。

「……桐谷，抱歉。這麼突然要求你，實在很抱歉，不過你能不能見見我妹妹？」

「當然好啊。」桐谷笑著答應深月的請求。

之後，他一臉緊張地深呼吸。

「我會盡量讓她有好印象，連魔法也不用，就假裝是個普通人。」

「我會躲起來。」

太郎馬上就表明自己要離開現場，接著便靈巧地打開桐谷的房門，迅速躲了進去。

這是正確的判斷。深月目送太郎直到尾巴消失在門後。太郎應該是從柚月在門外的樣子就發現，她是一個看到動物就會又揉又摸，否則不會甘心的人類。要是她發現這隻毛茸茸的家貓，可能會讓太郎心裡留下陰影。

確定太郎已經逃入桐谷的房間後，深月才打開玄關的大門。

許久未見的妹妹笑著站在門外。

「哇——打擾了！來，這是伴手禮……所以，剛才接對講機的人是……」

柚月把老家的伴手禮遞給深月，然後輕手輕腳地往裡面走，一到客廳就馬上停下腳步。

深月的視線越過妹妹的肩膀，看到桐谷笑著等在那裡。他已經做好打招呼的準備了。

「妳好，初次見面。我是桐谷充，是深月小姐的——」

「哇……哇賽——是帥哥！」

柚月突然大叫。

自我介紹到一半的桐谷似乎也嚇了一跳，保持笑容但全身僵硬。深月急忙衝進客廳，訓斥妹妹。

「柚月，不要鬼吼鬼叫！還有，初次見面也不打招呼，很失禮耶！」

「可、可是，有個這麼帥的帥哥耶！我的眼睛好像產生錯覺，四周都好閃亮……呃，你們是在哪裡認識的？什麼時候的事？是說，老姐，人都已經帶到家裡了，還不是男朋友嗎？」

柚月低聲說個不停。

「妳冷靜一點！」深月抓住妹妹的肩膀，制止她繼續說下去。
「總之，妳先聽我說。昨天我已經說過了，他……不是我的男朋友……」
「不是男朋友，那是什麼？難道，真的有什麼不可告人的——」
「我是深月小姐的未婚夫。」
桐谷這句話，讓柚月瞬間僵住。
之後，屋內再度充斥柚月大吼大叫的聲音。

◆◆◆

「你好，我是高山深月的妹妹，我叫柚月。剛才一時亂了陣腳，真的非常抱歉。」
柚月坐在客廳的沙發上，深深低頭致歉。
「真的很抱歉……」面對面坐著的深月也接著道歉。這句話不是對妹妹說，而是對人在廚房的桐谷說。
「沒關係沒關係。」他泡著咖啡，一副不在意的樣子露出微笑。
「話說回來，柚月為什麼這麼突然跑來？」
「因為老姐話講了一半就掛電話，讓人很在意啊！」
「因為很在意，隔天一大早就跑來是在搞什麼啊……」

「那個，人家不是說心動就要馬上行動嗎？而且現在剛好過年，最適合行動了啊──」

「什麼最適合行動……是說，妳好歹也先通知我啊！」

深月嚴厲說教，柚月馬上嘟著嘴說：「對不起嘛……」

……真悲慘，她看起來一點也沒有要反省的樣子。

「好了好了，能見到深月小姐的妹妹，我很高興喔。」

桐谷端來三人份的咖啡。

因為要對柚月隱藏魔法的秘密，所以難得親手泡了一杯咖啡。咖啡杯端到眼前的瞬間，柚月雙眼閃閃發亮。

「哇，太感謝了！是說，好棒喔……就像在執事咖啡廳一樣耶……」

聽到柚月的感想，桐谷不禁苦笑。

深月對妹妹這番發言感到苦惱。

不過，心裡的確有點認同。雖然平時是魔法師，但是現在這樣的確會讓人聯想到帥哥執事。他端咖啡的樣子，的確美得像一幅畫。

「桐谷先生端咖啡的樣子好自然……該不會是經常泡咖啡給老姐喝吧？」

「嗯，是啊……」

「難道連三餐也……」

「嗯，對啊，他的確會做飯給我吃……」

正當深月擔心，這一點會不會被攻擊的時候——

柚月對著桐谷低下頭。

「桐谷先生！你願意接納我這個笨手笨腳的姐姐，真的非常感謝你。老姐，結婚快樂！真是太好了呢！」

「等一下等一下，還沒啦！我們還沒結婚啦！」

深月急忙否定快了一拍的妹妹。

柚月從以前就是個言行容易快一拍的孩子。

運動會的時候總是搶跑，而且還會把事情誇大之後散播出去，個性很令人頭痛。說她不只是行走的擴音機，而是奔跑的擴音機也不為過。

……得好好引導才行啊！深月作好準備。

「可是可是，你是未婚夫對吧？那就表示你們會結婚吧？會結婚吧？」

深月狠狠瞪著她，柚月只好把話題拋給桐谷。

「嗯，是啊！」桐谷用頂級笑容點頭回應。

「具體的細節接下來才要和深月小姐商量，不過最後應該是會結婚的。」

桐谷在最後加上「我是這麼想啦！」然後眼神望向深月。

深月收到信號，一邊點頭附和一邊說：「我也是這麼想。」事前完全沒有商量過，所以只能配合彼此的說法了。

柚月似乎沒發現兩人飽含深意的眼神，只顧著雙手交握開心地哇哇大叫。

「像桐谷先生這樣的帥哥姐夫我非常歡迎喔！媽媽應該也會很高興才對。她應該會說帥哥就是要跟大家分享，然後帶你到處拜訪鄰居。」

我想也是……深月不禁苦笑。

早就料想到會有這種麻煩事，可以的話希望能盡量避免。

「順帶一提，桐谷先生是做什麼工作的啊？」

「我是 happy life creator。」

桐谷笑著回答，正在喝咖啡的深月嗆了一口。

和暗自苦惱「那到底是什麼職業啊？」的姐姐相反，柚月倒是很快就接受了，「喔，創作者啊，感覺很帥氣耶！」深月從以前就很擔心妹妹，現在更擔心了。

「那個……妳不會繼續追問細節吧……」

「嗯，老媽是說『要先問對方到底做什麼工作』，但是老爸說只要對方願意接納今後可能單身一輩子的老姐，做什麼都可以。」

聽到這番話，深月不禁遠目。

雖然能夠理解說出這種話的爸爸，但身為女兒，心情有點複雜。

「是說，桐谷先生很年輕耶，該不會是老姐年紀比較大吧？」

「嗯，我比深月小姐小四歲，今年二十五歲。」

「哇，比我想的還要年輕！你喜歡姐姐類型嗎？」

「不，我是喜歡深月小姐。」

「哇啊——好閃喔——」

「柚月，妳吵死了！」

被深月罵了之後，柚月張開手遮住嘴巴。

之後，又從指縫間小聲詢問：

「……那，你在喜歡老姐之前呢？有跟別人交往過嗎？」

妹妹進一步追問，深月有點慌慌張張，怎麼突然說到這個？

不過，這個話題的確是很令人在意，自己也好想知道……

桐谷一臉驚訝，但馬上又重振精神回答問題。

「呃，是，的確有和其他人交往過。」

「有幾個前女友？」

「啊……有幾個啦……」

「喔——有幾個啊——嗯，畢竟桐谷先生帥到令人嚇一跳嘛，我問了也是白問啊。」

臉上明明掛著笑容，但說出來的話不知為何顯得很尖銳。

看樣子柚月高度懷疑桐谷是花花公子。她的眼神一副就是「說謊想蒙混過關的話，反而會被打破砂鍋問到底」的樣子。

桐谷好像也察覺到了，笑容中帶著緊張感。

「那你以前最喜歡的是什麼樣的人啊？」

「那當然是深月小姐——」

「啊，除了老姐之外。」

「呃……那就沒有了……」

桐谷面有難色地這樣說。

聽到這句話，深月鬆了一口氣，然而……

「如果也包含沒有交往過的人倒是有一個……大概是我的初戀……」

像是想起什麼似地，桐谷突然開口這麼說。

這還是第一次聽到，深月豎起耳朵傾聽，一旁的柚月則是積極追問。

「沒有交往過的人，是單戀的對象嗎？桐谷先生單戀對方？」

「呃……對、對啊，應該是說……當時並不是男女朋友的關係，情感上也是。」

「喔？麻煩你仔細說明一下。」

「那個時候我還很小……還是個小學生。」

桐谷不禁苦笑。「什麼嘛——」原本坐不住的柚月，一屁股坐回沙發上。

……不過，剛才若無其事側耳傾聽的深月仍然很想知道後續。

很少有機會能從桐谷口中聽到他過去的事。

而且，如果是他自己主動提也就罷了，自己沒什麼道理去問這些事，所以深月一直都很小心翼翼。

如果可以的話，自己其實也很想知道詳情。

（柚月，能不能再多問一點啊……）

正當深月在心裡這麼想的時候——

柚月像是接收到姐姐的心願似地繼續追問。

「那，她是什麼樣的人？」

妹妹，幹得好！深月在心裡大力稱讚柚月。

然後再度以毫無興趣的表情，一邊喝咖啡，但一邊豎起耳朵聽。

「小晴姐姐——啊，她是很帥氣的女生，很強勢，有種所向無敵的感覺。」

「喔，有種姐姐大人的感覺是吧？」

「或許可以這樣說吧。當時我覺得她可以保護我。」

「喔……可是，這和我家老姐根本就是相反的人啊，我姐完全沒有姐姐大人的感覺耶。」

「是啊，的確和深月小姐完全不同。」

聽到這句話，深月的身體瞬間變得僵硬。

桐谷在和自己相遇之前就有了初戀，而且對方還是和自己完全不同類型的人……這種事應該一點也不值得大驚小怪才對。他都已經是成年人，雖然看起來感情不深，但也和好幾名女性交往過。

儘管如此，聽到具體的內容，深月的心情還是變得很複雜。

雖然是小時候的事，但那是桐谷以前最喜歡的人。

難道，他至今仍然……

「你會不會到現在都忘不了那個人……呢？」

深月以為是自己脫口說出心裡的想法，瞬間著急了一下。

不過，說話的人是柚月。

她很認真地盯著桐谷看。

順著她的視線看過去，桐谷停頓了一下，彷彿在思考什麼似地往上看之後才開口。

「我雖然沒有忘記……但也不會特別想起來。」

「不會覺得很想見到對方嗎？還是會想和對方聯絡之類的？」

「不會啊。況且，她在十年前出國了。從那之後，我就覺得她已經等於不在這個世界上了。」

「啊——原來如此——嗯……」

「就、就是如此啊……」

「原來啊……那我就不需要擔心你和女人糾纏不清了吧？」

柚月笑了笑，桐谷跟著哈哈陪笑。

他搔搔臉頰，一副尷尬但又鬆了口氣的樣子。

「果然還是會擔心我的交友狀況啊……」

「對不起，因為桐谷先生是帥哥，當然會先擔心這一點，所以我覺得我應該要確認清楚才行。老姐就算自己想問也問不出口，想說的話也說不出口……她從以前就這樣啊！總是那麼消極保守。」

面對妹妹的吐槽，深月無法反駁。

被說中了。而且，這一點深月自己也覺得應該要改進，但遲遲做不到。

「畢竟老姐的前男友很渣啊……」

「喔，前男友嗎？」

聽到柚月這句話，桐谷疑問的眼神轉向深月。

他的眼睛稍微瞇了一下，深月就覺得有種坐立難安的感覺。為了逃避話題，只好趕快轉移視線。

「哎呀，以前的確有過這回事，不過那已經是很久以前……」

「以前是多久之前？只有一個前男友嗎？還是有多到數不完的地步？」

「沒有沒有，以老姐的個性，不可能有很多個前男友，而且那個前男友是老姐的第一個也是最後一個男朋友。那是大學的時候吧？」

面對桐谷的追問，柚月挺身回答。

回答的內容也毫無惡意。不過，對深月來說，無論內容如何，回答本身就是多管閒事。

「第一個也是最後一個嗎？」

就在深月打算讓柚月住嘴，不要再繼續回答之前，桐谷又提出問題。

當然，柚月也回答了。

「對啊，從那之後一直到遇見桐谷先生之前，老姐身邊都沒有男人，所以爸媽才會老是說服她去相親啊！畢竟她不是會主動認識新朋友的人。」

「啊，原來如此。深月小姐的確是這樣的人呢……那，前男友是主動來追求深月小姐的囉？」

「是吧？老姐？」

「嗯，對啊。」柚月這樣問，深月輕輕點頭。

雖然很想帶過這個話題，但桐谷的眼神並沒有放棄追問的意思。雖然面露微笑，但眼神毫無笑意。

「老姐雖然嘴上說禁不住人家熱烈追求只好答應，但當時可是非常甜蜜呢——」

「等、等一下，柚月，那是因為——」

「前男友是什麼樣的人？」

深月想阻止，但是阻止不了。

因為桐谷先看了深月一眼，才繼續問下去。

他的眼神像是在說「請讓我問下去」，深月只好乖乖退讓。

就算現在打斷話題，桐谷要是真的想問，柚月還是會告訴他。既然如此，不如選自己在場的時候說還比較好，深月就這樣放棄掙扎了。

……可是，自己還是說不出口。

「嗯……是個和桐谷先生完全相反的輕浮男。」

柚月代替沉默的深月回答。

聽到這裡，桐谷愣了一下。

「輕浮男……嗎？」

「對啊。愛喝酒、愛吵鬧、愛招惹女人的類型。」

「哇……還真是令人意外……」

柚月的回答，讓桐谷的笑容僵住。

這個前男友一定完全出乎他意料吧？

「那個，不好意思……請問……前男友哪一點吸引深月小姐呢？」

「……很積極。」

喔！桐谷發出既驚訝又認同的聲音。

「我是被自己缺乏的東西吸引。那個人想到什麼就說什麼，想做什麼就去做……當時覺得這一點很有魅力。」

回想起當時的事，深月不自覺嘆了一口氣。

現在的深月已經很文靜內斂，但十年前的深月更加文靜而且又消極。

大概是因為這樣，才會被一個和自己完全相反的人吸引。

前男友身上具備自己沒有的特質，讓深月覺得很閃耀、很崇高。然而，前男友是個隨口就能對「任何人」說出花言巧語的人，一對一談戀愛的時候，這種慣性劈腿的瑕疵就變成兩人分手的原因了。

「……對誰都能說出口的愛，一點意義也沒有啊。」

深月淒涼地這麼說，柚月接著吐槽：「老姐真的很沒有挑男人的眼光耶。」

聽到這句毫不留情的話，深月覺得如果有地洞，真的很想一頭鑽進去。然後不自覺地抓起手邊的靠墊，把臉埋了進去。

「所以我就說那是我的黑歷史啊……是我想消除的回憶……」

深月用蚊子般的聲音說。

雖然已經決定要趁現在告訴桐谷實情，以免柚月亂說，但是人的羞恥心並不會因此消失。雖然和前男友交往不深是不幸中的萬幸，但仍然是心中的痛苦回憶，甚至還想拜託桐谷用魔法消除那段記憶。

該不會因為這樣被討厭吧……深月內心覺得不安，偷偷從靠墊後窺探。

然而，桐谷的反應和深月所擔心的不同。

他露出放心的表情，然後說：

「無論什麼話，我都只會對深月小姐說喔。」

說完之後，對深月露出燦爛炫目的笑容。

在一旁看著的柚月，紅著臉哇哇亂叫。深月知道一定是自己的臉比較紅，所以再次把臉埋進靠墊。他看起來也只是把自己想到的事情說出來而已，就已經擁有這樣的威力，真是太可怕了。

「老姐，桐谷先生都這樣說了，那個前男友就當作沒這回事也無所謂吧？雖然妳當時開心得要命，但實際上交往也才半年左右啊。」

這個時候，笑容滿面的桐谷抽動了一下。

他一副半信半疑的樣子詢問柚月：

「呃……有這麼開心嗎？深月小姐嗎？」

「她真的不是在開玩笑耶！經常打電話回來說她第一次約會、接吻的感覺之類的事情啊。」

「接吻的感覺……」聽到柚月這樣說，桐谷愣愣地喃喃自語。
他越來越沮喪，深月急忙出言更正。
「等一下，那只是我自己的想像——」
——就在這個時候，咖啡杯開始在咖啡盤上喀噠喀噠地搖晃碰撞。搖晃產生的波動，導致咖啡從杯子裡灑出來。
「呃，杯子好像在搖耶？該不會是地震？」
柚月睜大眼睛左顧右盼。
深月也放下手中的靠墊，試著感受地面的搖晃。然而，就在深月覺得搖晃並沒有像地震那樣強烈時，就停止晃動了。
（咦？剛才難道不是地震嗎……？）
「咖啡都灑出來了！我再去泡新的。」
正當深月感到狐疑的時候，桐谷立刻站起身來。
他在深月還來不及阻止的時候，就端著咖啡杯衝向廚房了。
「哇……桐谷先生真是個機靈的人啊……」
看到桐谷的舉動，柚月一副很感動的樣子這麼說。
「嗯。我很感謝他，而且他真的很厲害，我甚至覺得自己配不上他。」
「我很想告訴大學時期的老姐，以後還有桐谷先生這樣的人存在，畢竟妳還說絕對要跟那個渣男友結婚耶！」

「我是這樣說過，不過，當時我是真心喜歡他啊——」

猛然往廚房一看，深月瞠目結舌。

廚房噴發出大量的泡泡。

「老姐？怎麼了？」

「啊，沒什麼啦！真的什麼也——」

柚月正要往廚房看過去，深月急得坐不住了。

然而，就在這個時候，大量的泡沫完全消失。

應該是桐谷急忙消除的，他在流理台前一臉緊張的樣子。

（……那應該是魔法造成的吧？難道，剛才的搖晃也是桐谷的魔法？這是怎麼回事，平常明明不會這樣，怎麼有種暴走的感覺……）

再度坐回沙發上的深月，察覺到不對勁，開始擔心桐谷。

然而，完全沒有發現這一點的柚月，繼續爆料深月的黑歷史。

「話說回來，老姐還說過很肉麻的話喔！譬如『我真的很愛他……』之類的。」

「哇——夠了啦——那都是因為當時太年輕了啊！」

深月大叫的那一瞬間——

哐啷——廚房傳來陶器碎裂聲。

「咦？桐谷，你沒事吧？」

「沒、沒事！抱歉，我手滑了一下！」

真的太奇怪了。深月留下柚月，走向桐谷身邊。

一如剛才偌大的聲響，咖啡杯完美掉在廚房的地上應聲碎裂。

「桐谷，你沒受傷吧？」

「我沒事……不過，大過年的就害家裡出現這種不吉利的事……真是太丟臉了……」

「你沒有受傷就好。明明是破掉的杯子不好，你還把錯都攬到自己身上。比起這個……我很少看到你這樣呢。」

桐谷有條不紊地拿來畚箕，蹲下來撿拾杯子的碎片。深月在他身邊彎下腰小聲說。

桐谷從來沒有掉過杯子。

因為他會在杯子落地前用魔法讓杯子浮起來。雖然桐谷辯解說是為了隱藏自己會魔法，但廚房裡是視線死角，如果是平常的話，桐谷應該會用魔法化解才對。不過，他並沒有這麼做。

而且，還在咖啡杯破掉之前，引發讓咖啡灑出來的晃動，廚房也噴發大量泡沫……這兩件事應該都是魔法造成的。

他雖然曾經因為喝醉酒，讓整個屋內充滿鮮花，但現在桐谷很清醒。也就是說，現在是異常狀態。

「那個，你該不會是身體哪裡不舒服吧？還是，因為跟我妹妹講話太累了……」

「不，不是的……我沒事。」

桐谷撿完碎片，搖搖頭後站起來。接著，開始用新的杯子泡咖啡。

「我只是稍微恍神。咖啡泡好我就端過去，妳先回去沙發坐著等吧。」

桐谷笑著催促，所以深月決定回到柚月身邊。

再度坐回沙發時，柚月望向廚房。

「桐谷先生沒事吧？」

「啊，嗯。他看起來沒事……」

「這樣啊。不過，他是不是因為老姐前男友的話題而心煩意亂啊——」

「咦？應、應該……不是吧？」

「不是嗎？如果他很喜歡老姐的話，應該會受影響吧——」

深月瞄了廚房一眼。

正在重新泡咖啡的桐谷，察覺深月的視線，對她笑了笑。

像那樣露出遊刃有餘笑容的帥哥，會因為自己前男友的事情心煩意亂嗎？深月覺得很疑惑。

「話說回來，你們在哪裡認識的？」

呃，深月不禁僵住。

桐谷夜裡倒在路邊，是自己把他撿回來的。這種話就算撕爛自己的嘴，她也說不出口啊。

而且，他會倒在路邊是因為魔力用盡。妹妹一定會覺得莫名其妙，剛才對桐谷累積的好感，可能會直接跌落谷底。

「那、那個……就是啊——」

「就在這附近喔。」

深月正在想說詞的時候，桐谷替她回答了。看來他已經打掃完畢了。

「我身體不舒服、動彈不得的時候，深月小姐幫了我一把。」

對吧？他出言徵求深月附和，深月毫無歉意地點點頭說：「對啊對啊。」

的確，這不是謊言。

「哇，這什麼神明惡作劇般的相遇啊！好好喔——我也想要有這種命中注定的邂逅……啊，對了！」

柚月好像想起什麼。

然後開始用手機查詢。

「喔，果然離這裡很近。」

「柚月，怎麼了？」

「你們去新春參拜了嗎？」

「新春參拜？沒有耶，還沒去……是說，本來也沒有計畫要去，對吧？桐谷？」

深月這樣問，桐谷立刻答是。

初三會有很多人去新春參拜，深月本來就覺得不喜歡人擠人的桐谷應該沒辦法去，而且自己也不打算在過年期間出門。

但是，不知道內情的柚月，一臉興奮地從沙發站起身。

「那我們三個人一起去吧！附近好像有一個能求姻緣的知名神社，我想要去祈求姻緣，拜託神明賜我良緣！」

「啊——柚月，三個人去可能不太行……妳跟我一起去就好——」

「深月小姐，沒關係，我們一起去吧。」

桐谷馬上站起身。

接著，他說「我換身衣服準備出門」之後，便笑著離開客廳。

「……真的要去嗎？」

「咦？什麼真的？」

「沒有，沒事，我也去換衣服。」

深月也回到自己的房間準備更衣出門。

她在衣櫃前挑選外出服，但腦袋裡想著其他事。

（桐谷他去新春參拜，真的沒關係嗎……）

他很少這麼勤快。

去年秋天，深月邀他去約會的時候，他非常不情願，甚至還因此被太郎責備。

（……但願他不是在逞強。）

深月雖然擔心，但也換好外出服。

回到客廳之後，桐谷已經換好外出服等在那裡。看到這樣的桐谷，柚月大力稱讚：

「好像模特兒喔！」

「我回家要馬上跟家人報告，說桐谷先生是大帥哥，老媽一定會很開心。」

桐谷聽到柚月這樣說，一副恍然大悟的樣子。

他陷入沉思，就連深月靠近都沒發現。

「要和家人報告……深月小姐的母親會很開心……那我要加油才行……」

「啊，老姐也好了，那我們出發吧！」

在柚月活力充沛的號令之下，桐谷終於回過神來。

就這樣，三人準備前往附近那個可以求姻緣的神社，一起離開公寓。

◆◆◆

不知道是不是因為過年第一次出門，總覺得外面的空氣好新鮮。

「呃，好冷……」

深月渾身一顫。

又冷又乾的冬季空氣，漸漸沁入肺臟，感覺體溫會瞬間被冷空氣奪走。

就在這時候，桐谷靠了過來。

「深月小姐，我們靠近一點吧。離太遠會很冷的。」

他這樣說，深月就把寒冷當作藉口，保持比平常更近的距離並肩行走。大概是桐谷偷偷使用了魔法，他周遭就是比較溫暖。

柚月彷彿沒有感受到任何寒意似地獨自走在兩人前面。她好像已經記得剛才查好的路，完全不需要再度確認就大步往前走。

「那個，桐谷，真的沒關係嗎？我以為你絕對不會想去新春參拜耶。」

「是啊……」深月這樣問，桐谷露出憂愁的表情。果然，他並沒有特別想出門。

「但是，我必須在柚月小姐面前好好表現才行。」

「你是為了好好表現？」

「沒錯。我希望柚月小姐能覺得『桐谷先生是很值得依靠的人，很適合當姐姐的結婚對象！』然後在老家幫我多說點好話，所以我要好好加油。」

桐谷看起來很認真。從他的眼神，可以看到滿滿的幹勁。

「這樣啊……不要太勉強喔……」

深月覺得有點不安，所以特地這樣叮嚀桐谷。

現在要去的是個全國知名的神社，從公寓用走的就能抵達。

今天天氣很好，抬頭就能夠看見晴朗的藍天，是個非常適合參拜的日子。因此，前來參拜的人應該也很多。越靠近神社，周圍的行人也越來越多。

不久後，終於看到參道入口的鳥居……不過在這個時候，三人的周圍已經滿滿都是人了。因為是以求姻緣聞名的神社，所以女性香客很多。

「桐谷，你還好吧？」

「嗯，沒事，我有戴口罩。」

在抵達神社附近之前，桐谷都直接露臉，但出現人潮之後，他就戴上口罩了。因為外貌會引人注目，所以這次他似乎已經做好準備。

這個時期戴口罩的確不會太突兀……不過，他就算戴著口罩，還是遮掩不了宛如黑曜石般的美麗眼睛。如果連墨鏡都戴上，柚月一定也會覺得奇怪，所以這樣遮臉已經是極限了。

「欸欸，老姐，會不會有攤販啊？」

柚月伸長脖子望向前方。

「如果有的話，就來吃點東西吧。啊，這麼冷，妳不會想喝甜酒嗎？」

「好啦好啦，有就買啦。比起這個，妳可別走失了。」

「沒問題、沒問題啦！」

「畢竟以前有過先例，妳的沒問題不能輕信啊……」

「那是小時候的事了吧！我現在已經長大，是個大人了。」

嘴裡嚷嚷沒事的妹妹繼續往前走，深月聳了聳肩。

身旁的桐谷噗哧一笑。

「畢竟是姐姐，妳還是會擔心妹妹啊。」

「她從以前就很容易迷路，所以我經常到處找她。」

「原來如此……那真的很令人擔心啊。」

桐谷也瞇起眼睛看著柚月的背影。

接著他在眼睛周邊彈了一下手指。

「嗯？剛才那是魔法……嗎？」

「嗯，為防萬一，我稍微動了手腳。不過，我想應該沒問題，畢竟人這麼多……」

深月和桐谷一邊注意柚月的動向，一邊順著人潮走在參道上。

就這樣，終於抵達神社前的手水台。

用淨手的手水交互清潔雙手，然後漱口。深月身邊的桐谷也拿下口罩，按照參拜禮儀淨手漱口。

……然而，短短一瞬間成為致命的一擊。

「哇，超帥的帥哥。」

不知道是誰說了這句話，周圍的眾人都開始有所反應。

哪裡哪裡？眾人游移的視線馬上就自然而然地聚集到桐谷身上。

「糟了……」

桐谷急忙想戴回口罩，但已經太遲了。

就算想移動到在場女性們的視線範圍外，大家還是緊跟在後。接著，還出現一些女性像狩獵中的肉食獸一樣，慢慢縮短距離跟上來。而且，還不是只有一、兩個人。

……被盯上了。

這下糟了！深月抓住桐谷的手臂。接下來會變成什麼樣子，去年秋天約會的時候深月就已經深刻領教過了，因此深月打算先讓這些獵人了解，桐谷已經有交往的對象，然後先離開這裡再說。

「桐、桐谷，我們先去那裡吧！柚月──」

喊了一聲後，回頭往妹妹應該在的地方看去，深月不禁傻眼。

柚月不見了。

用眼睛四處搜索都沒有看到人。連影子都沒有。

「真是的——人不見了！」

「真的，什麼時候……」

「剛剛才提醒她，這孩子真是的……可惡，沒辦法了。」

苦惱的深月決定，與其抱怨不如先逃離現場。深月挺身擋住桐谷，混在人潮之中，然後往遮蔽物移動。

「對不起，深月小姐……就算時間短暫，我也不應該拿下口罩的……」

「沒關係。不是你的錯，不必道歉。」

深月一時忘記，這裡是求姻緣的神社。在這個神社周邊，想遇見良人的女性人口密度，應該是全日本數一數二高。因此也可以預料，緊追桐谷的人會比上次秋季約會的時候更多。

「應該是我那個笨蛋妹妹該道歉。」

「和我們走散了呢……」

「真是的……我打電話給她……」

走散也是沒辦法的事，對深月來說這已經是家常便飯了。

而且，柚月如她自己本人所述，的確已經長大成人了。又不是彼此沒有聯絡方法的小孩，只要問出人在哪裡，馬上就能會合了。

深月原本這樣想，結果……

「為什麼不接電話啊！」

「人這麼多，可能是沒注意到電話響了。」

「太大意了……失策……應該要先指定走散時會合的地點。」

「好了好了，不要這麼沮喪。」

相較於深月的慌張，桐谷顯得非常冷靜。

正當深月覺得不可思議的時候，他笑著解釋：

「妳記得剛才走進參道的時候，我動用了魔法嗎？」

「嗯……你在眼睛附近彈了手指對吧？」

「其實我想到柚月小姐可能走散，所以為防萬一，先施了可以追蹤的魔法。」

「這、這種事也能辦到嗎？」

「嗯，雖然不是馬上就能知道人在哪裡，但是我可以看到柚月小姐經過的地方。」

「啊……謝謝你，桐谷……真的是承蒙你照顧了……」

深月對桐谷周到的安排充滿感謝。

同時也再度實際感受到魔法的方便性。魔法真厲害，就像手機的ＧＰＳ定位一樣。

「柚月小姐在這個隊伍的前方，應該是打算在拜殿參拜吧！」

「這樣啊，那我們也去參拜吧。她說不定在拜殿附近等我們，發現手機有未接來電，或許也會主動聯絡。」

深月這樣提議，桐谷點點頭說：「這樣也好。」

「不過，桐谷你沒事吧？你看起來臉色不太好。」

「我沒事。而且，我這次絕對不會再露臉了。」

說完，深月和確認過口罩狀況的桐谷一起回到參拜的隊伍。

前進的速度很緩慢，光是抵達拜殿前就花了十幾分鐘。兩人並排參拜之後，把位置讓給後面的人。

然而，都到這個時候了，還是沒能和柚月會合。

在拜殿周圍找了一圈，也完全沒有發現柚月的蹤影。是說，妹妹從以前就不曾按照預期，在大家意料中的地方等待。

「柚月這傢伙，到底跑去哪裡……還不跟我聯絡……」

深月穿過人潮，逃往沒有人煙的地方避難，盯著手機的畫面喃喃低吼。

接著，望向身邊的桐谷。

他坐在地上，已經筋疲力盡。一定是因為這裡匯集了很多人的意念，對纖細敏感的魔法師來說，這裡是令人痛苦的地方。

「……桐谷，你待在這裡一定很不舒服，要不要移動到能夠休息的地方？」

聽到深月這樣說，桐谷便抬起頭。

光是看到他從口罩上方窺探外面的眼睛，就知道他有多累。

「可是，柚月小姐她……」

「我先帶你到安全的地方，然後再去找她。一個女大學生在陌生的地方流連，要是有個萬一就不好了……」

「既然如此，我也一起幫忙找！」

在深月話還沒說完之前，桐谷就立刻起身。

他起身的瞬間身體搖晃了一下，深月急忙抓住他的手臂撐起身子。

「還是算了，你身體不舒服吧？不要太勉強了。」

「沒問題的。我是姐夫啊……一定要讓妹妹看到我堅強的那一面。」

桐谷的眼神，透露出強烈的使命感。

就在深月心想，桐谷其實不用那麼在意妹妹的評價時——

「而且，深月小姐一個人，可能也會被奇怪的男人抓走啊！」

突然受到桐谷關切，深月驚慌失措地說：「咦？我嗎？」

看到深月的反應，桐谷一副受不了的樣子聳了聳肩。

「……真是的，妳一點危機感也沒有，這樣不行啊！」

「對、對不起……」

「總之，有我在，可以盡早找到柚月小姐……嗯，她好像有經過那裡，我們走吧！」

再度站穩的桐谷，往參道上的排隊隊伍前進。

深月在他身邊，順著他的視線往前看，但是無論怎麼凝神仔細看都看不到任何東西。

「桐谷可以看見什麼嗎？」

「嗯。人走過的痕跡像光一樣閃閃發亮。」

「喔，這樣啊……閃閃發亮……」

「妳要看看嗎？」

「咦？我也可以看到嗎？」

深月吃了一驚，桐谷的眼睛像在微笑似地瞇了起來。

接著，他往深月的臉靠近。如果沒有口罩的話，應該可以感受到他吐出的氣息，在這個超近距離下，桐谷彷彿在說悄悄話似地低語：

「深月小姐一起找的話，我也能盡早解脫……啟動開關。」

桐谷在深月面前彈了一下手指。

有發生什麼變化嗎？深月開始環視周遭。

結果，看見視線角落有著閃閃發亮、宛如金沙般細緻的光芒飄浮。

「哇……閃閃發亮耶……」

雖然知道現在不是感嘆這種事情的時候，但深月還是不禁覺得感動。

如果世界上真的有妖精，翅膀振動時掉下的磷粉，或許就會像這樣留下閃亮的痕跡。這樣的光景既夢幻又美麗。

「那個亮光就是柚月移動過的痕跡對吧？」

「嗯，就像殘香一樣會隨處出現，只要跟著亮光走，就能找到柚月小姐……所以我們兩個也不能走散了。」

深月小心翼翼地握住桐谷伸出的手。凍僵的手指觸碰到他的體溫，感覺很舒服。兩個人就這樣循著浮在半空中宛如指標的光芒前進，開始尋找妹妹。

◆◆◆

順著光的痕跡尋找柚月已經一個小時了。

……深月和桐谷兩個人遲遲沒有找到柚月。

「那孩子為什麼不乖乖待在原地啊？」

在毫無人煙的樹蔭下，深月沮喪地把手搭在膝蓋上。

的確到處都留下光的痕跡。

但是，這些痕跡一下往東一下往西……看樣子柚月沒有停留在某一處，而是不停在神社裡走來走去。

「啊哈哈……柚月小姐真是活力充沛啊……」

「明明不是多大的神社，卻完全找不到人……桐谷，對不起，我們稍微休息一下吧？」

「留下的光芒很強烈，我想應該再一下下就能遇到她了……」

就在這個時候，原本看得見的亮光，突然消失了。

一瞬間，桐谷彷彿起身時頭暈似地，整個人癱軟。

「等等——桐谷？」

深月急忙抱住他。

好不容易撐住他整個人癱軟的重量，桐谷才用虛弱的聲音回答：

「對不起，魔力好像用完了……人多的地方就像有毒的沼澤一樣……」

「雖、雖然我不太清楚是怎麼回事，但你果然還是太逞強了對吧？你這樣真的沒事嗎？」

「嗯……和深月小姐靠在一起覺得舒服多了……就像在打點滴一樣……」

「那已經很嚴重了吧？嗯……怎麼辦……你走得動嗎？」

「……請先讓我充電十秒鐘。」

桐谷靠在深月的肩上這樣說。

充電是要怎麼充？正當深月覺得困惑時——

「這裡還有別人在場，我想妳應該不願意……但妳能不能抱緊我……」
桐谷一臉抱歉地說。
深月想起以前桐谷說過，擁抱也可以儲存魔力。
「呃……只抱十秒鐘的話就沒關係……」
現在要在這個地方互相擁抱，心理上的難度的確很高，不過幸好這裡是視線死角。
深月把手臂環繞到桐谷的背上用力抱緊，然後在心裡讀秒。
十。心跳好快。
九。雖然不是第一次擁抱，也不是出於邪念，但是……
八。……還是會很在意。
七。靠在自己身上的桐谷，畢竟是個男人，而且體格很結實。
六。還能感受到他的體溫。在冬季的冷空氣中，更能清楚感受到溫暖。
五。他痛苦的喘息化成耳邊的熱度……咦？時間怎麼比想像還長……四。怎麼辦，這十秒也太久了吧？三。不行，實在太害羞了。二。不行不行，我不行了。一。……
「——謝謝妳，我好一點了。」
桐谷輕巧地抽離身體。
因為太害羞導致腦漿快燒焦的深月也就此回過神來。
「我、我才要謝謝你。桐谷……看樣子柚月已經在附近了，不必動用魔法也沒關係。」

深月一邊撫平自己的悸動，一邊觀察桐谷的身體狀況。

雖然已經能夠自己站起來，但他的臉色還是很差。這裡人這麼多，他一定強忍很久了。

「對、對不起，妳能這麼說真是幫了我一個大忙。」

「接下來就交給我，那我就……」

深月從樹蔭下探出頭。

往最後看到亮光痕跡的方向看……不知道為什麼，這一帶的人比剛才走過的地方動作更緩慢，也有很多人停下腳步。

怎麼回事？深月從樹蔭下走出來，往人群的方向前進。桐谷也慢慢跟在後面。

靠近人群之後，深月突然發現……

聚在那裡的人，手上都拿著紙杯。

「那是甜酒……該不會……」

深月想起在參道前的對話，柚月說她想喝甜酒。

環視周遭，有個地方的人群密度較高。看樣子那裡正在發甜酒，所以深月往那裡走去。

就在這個時候——

「啊，老姐——」

聽到熟悉的聲音，深月馬上回頭。

柚月雙手拿著三杯甜酒，正朝自己衝過來。

「我拿到甜酒了，連老姐和桐谷先生的份都——啊！」

在深月告誡她「不要用跑的，很危險」之前，柚月就已經踢到凸起處往前倒了。

深月急忙伸出手，但已經來不及。拿著三杯甜酒的柚月，眼看就要往前撲倒——

「……咦？」

發出疑惑之聲的人是柚月。

她維持快要倒下的姿勢，但浮在半空中，離地面還有一小段距離。

（這該不會是……）

望向背後，桐谷伸出手並立起手掌。

他動用了魔法。

瞬間就發現實情的深月急忙扶起妹妹，讓她腳踩到地面上。

「老、老姐，我剛剛浮在半空中對吧？」

柚月手裡拿著甜酒，愣愣地問。

深月左顧右盼，生怕被別人看到，聽到妹妹的問題不禁整個人僵住。

「呃、這個，這是……桐谷？」

深月急忙奔向腳步不穩的桐谷身邊。

總算趕在倒下前撐住他，但他的呼吸已經變得很微弱。

「對不起……充電十秒的魔力……已經……用完了……」

「你不要再說話了啦！」

「……我已經完全不能動了……需要妳親我一下才行……」

「這、這可不行！」

深月馬上回絕。

在人這麼多的地方提出這種要求令人困擾，而且自己也還沒作好心理準備。

還在精神恍惚的柚月發現情況不對。

「咦？老姐，桐谷先生怎麼了？是不是叫救護車比較好？我把手機忘在公寓了，沒辦法打電話……」

「等等，是因為這樣所以才聯絡不上妳的嗎？不對，那不重要，這個——」

「深月小姐，我討厭救護車……討厭醫院……」

聽到桐谷又說了以前說過的話，深月已經決定該怎麼做。

讓桐谷靠在自己肩上，然後用眼神示意拿著甜酒不知所措的妹妹。

「柚月，把甜酒給我。接下來要帶桐谷回家，妳來幫忙。」

◆◆◆

讓桐谷喝下甜酒，等他稍微恢復魔力之後，深月在神社附近招了一台計程車，直接搭車回家。

深月在計程車上簡短訓斥了走失的柚月。

接著，姐妹兩人一起把桐谷扛到客廳。讓他坐上沙發後，深月跑向冰箱，拿出常備在冰箱的布丁。

「欸，老姐，不帶桐谷先生去醫院真的可以嗎？你們相遇的時候，他也是身體狀況不好，該不會是老毛病發作了吧……為什麼拿布丁出來啊？」

「沒事，他不是生病。喝甜酒有用，布丁應該也有用才對……桐谷，吃得下的話就張開嘴，來──」

深月用湯匙挖起布丁，然後送到桐谷嘴邊。

桐谷雖然虛弱，但還是乖乖地張嘴。把布丁送入口中後，他一口就吃下去了，咀嚼然後吞嚥……

……呼……桐谷終於恢復生氣。

「啊──我復活了……深月小姐，再多給我吃一點……再多一點……」

「真是的，只有今天喔！」

桐谷張開嘴，深月不情願地餵他吃布丁。

桐谷每吃一口，氣色就變得越來越好，最後終於恢復正常，露出非常滿足的表情。

深月覺得自己好像在餵雛鳥吃餌食。

「呃……只要吃布丁就能恢復體力嗎？」

「不，不是布丁也可以，但是比給他喝水有效率就是了。」

「妳現在看起來很忙，我就不問是哪裡有效率了……不過，沒想到我能親眼見到老姐餵食男人這一幕……」

「我、我也不想在妹妹面前做這種事好嗎！」

深月脹紅著臉反駁。

不過，除此之外的行為——譬如擁抱之類的，她更不想在妹妹面前做。

儘管如此，因為深月的餵食，桐谷的臉色已經完全恢復紅潤。

柚月一直盯著桐谷恢復的過程。

「……桐谷先生已經沒事了嗎？」

「嗯……託深月小姐的福，總算熬過來了。」

「話說，剛才讓我浮在空中的人，是桐谷先生嗎？」

柚月很認真地問，讓深月拿著布丁的手滑了一下。

那一瞬間，布丁浮在半空中。

柚月驚訝地睜大眼睛。

在那之前，揮動手指的桐谷露出「糟了」的表情，顯得渾身僵硬。因為是在自己家裡，所以不知不覺就用了魔法。

……如此一來就瞞不住了，深月按著額頭苦惱。

雖然之前一直裝成普通人的樣子，但在眼前直接讓布丁浮在空中，實在沒辦法再隱瞞下去。

深月用眼神詢問是否能坦承，桐谷露出作好心理準備的表情點了點頭。

「那、那個啊，柚月，妳剛才也看到了……他其實是個魔法師。」

「魔法師……」聽到深月的解釋，柚月跟著複誦這個單字。

然後沉默了數秒。

她是會被嚇到，還是會覺得很扯？最慘的狀況是，有可能會反對我們結婚，然後要我去醫院看病……

深月和桐谷緊張兮兮地等待柚月回應，然而——

「太……太厲害了！桐谷先生會使用魔法嗎？」

柚月眼神閃閃發光地這樣問。

「那剛才我沒跌倒也是桐谷先生幫我的對吧？人長得帥又溫柔，還會使用魔法……簡直太完美了啊，老姐！」

完全陷入感動的柚月，讓深月不禁苦笑。馬上接受這種不可思議的事情，讓深月真切地感受到這孩子的確是自己的妹妹。

接著，深月大致說明桐谷的身體不適和自己剛才餵他吃布丁的緣由。也就是說，桐谷是為了防止柚月跌倒用光魔力，只要像這樣給他一點東西，就能提供魔力——

「——原來如此，你是因為我才身體不舒服。真的很抱歉……然後，只要跟老姐卿卿我我就能恢復活力啊……」

柚月一臉正經說出這種話，讓深月伸手遮住自己脹紅的臉。

如果口不擇言的話，大概就是像她說的那樣吧。桐谷也沒有否定，只是不好意思地露出苦笑。

「柚月小姐……那個，像我這樣的魔法師，能成為妳的姐夫嗎？」

桐谷有點不安地這麼問。

不是普通人這一點，很有可能會變成結婚遭到反對的原因。桐谷心裡有這一層顧慮，但柚月幾乎是搶著回答似地說：「你在說什麼啊！當然可以啊！」

「因為桐谷先生的魔法，讓我在求職活動期間的新年假期，沒有發生在神社跌倒這種不吉利的事情……應該是說，如果你能像剛才那樣使用魔法，那我就能放心把老姐交給你了。因為我姐也很常跌倒。」

「呃，我才沒有經常跌倒，不要把我跟妳相提並論。」

「是嗎？我記得妳一緊張，就很容易跌倒啊。」

「的確是這樣沒錯，但那是因為緊張啊……」

「但是，老姐幸福最重要啦……好了！」

說完，柚月便站起身。

然後拿起自己帶來的行李。

「我要回家了。」

「咦？這麼快？妳不是要在這裡過夜嗎？」

「不了。知道你們兩個人感情很好就好。而且，我才不會在老姐的愛巢過夜，做這麼不解風情的事呢。比起這個，妳還是趕快幫桐谷先生恢復魔力吧！」

這句意有所指的話，讓深月找不到適當的措辭，只能呆呆地張開嘴。

就在這個時候，柚月已經迅速朝客廳的出口走去——就在她開門的時候，突然停下腳步轉過頭。

「姐夫大人，你如果讓老姐不幸，我可不會放過你。」

「我——我知道了！」

桐谷的回答，讓柚月滿足地笑了。

「我走了！」柚月揮了揮手，真的走出客廳了。深月急忙追上妹妹。

「柚月，等一下啦！」

在離開玄關前，深月叫住柚月。
柚月停下腳步回頭看。
「妳要直接回家嗎？」
「嗯。現在大過年的，也沒有店開門啊！」
「這樣啊。那路上小心。」
嗯。柚月點點頭。
之後，她猶豫了一下，才開口說：
「……老爸說老姐是個堅強的人，所以妳選的對象應該沒問題……可是我知道妳前男友的事情啊，所以一直很擔心妳是不是又碰上奇怪的男人。」
「原、原來妳覺得我很容易吸引怪人啊？」
「妳看——老姐自己吃過苦，所以更容易被情感左右，也容易被人情影響不是嗎？」
柚月一陣感嘆，深月也沒打算反駁。
畢竟自己也知道，她說得沒錯。和桐谷開始同居生活，也是因為自己心軟。不過，知道妹妹這樣看待自己，的確很慘，自己明明就一直扮演堅強姐姐的角色啊……
「不過，桐谷先生看起來是個好人，所以我就放心了，他應該會讓老姐幸福的。
剛開始問他工作的時候，他回答是令人摸不著頭腦的什麼創作者，我還以為這傢伙不是什麼正常人。」

果然會這樣想啊……深月稍微鬆了一口氣。

看樣子柚月雖然行為出人意表而且認知超越常人，但還是具備這些基本常識。桐谷的常識觀念說不定比她更差。

「所以啊，柚月，爸媽那邊……」

「我跟他們說老姐看來不需要相親，先這樣帶過，等你們有具體的規劃，一定要第一個告訴我喔！我很期待你們兩個的婚禮……那我就先走了！」

留下這句話，柚月轉身離開。

暴風般降臨，然後又瞬間離去的妹妹。

深月目送妹妹離去的背影……但體溫馬上就被外面的寒氣吸走，一邊發抖一邊衝回家裡。

「柚月小姐已經走了嗎？」

深月摩擦手掌回到客廳時，馬克杯輕輕飛到眼前。

接過馬克杯，深月覺得好溫暖。咖啡的香味竄進鼻腔。

自己吃完布丁的桐谷幫深月泡了咖啡。能用魔法遞上咖啡，看樣子剛才的餵食秀讓他恢復不少魔力。

「嗯。突然來，又突然走了。」

「這樣啊，真可惜……我還想多問一點深月小姐以前的事情呢。」
「呃……以前的事情很無聊耶。」
「我想多了解一點深月小姐和我相遇之前的事情……畢竟平常也沒什麼機會聊啊……」
的確如此，深月也認同這一點。
因為柚月的到來，才多了解彼此一點。
譬如深月的前男友還有桐谷的初戀情人。兩個人單獨相處的話，總是有一點顧慮，就算想知道也沒辦法開啟這種話題。
「對我來說，深月小姐的前男友是個輕浮男，這是很珍貴的資訊。為了往後的日子，我會好好參考。」
「咦？你是要參考什麼？你該不會想變得輕浮吧……我不喜歡喔……」
桐谷變成前男友那樣，對深月來說只會是個噩夢。深月認真覺得，自己以後再也不想和那種人有任何瓜葛了。
面對深月的憂心，桐谷苦笑著否定：「當然不會啊！」
「嗯，那都是過去的事情了……你就忘了吧！」
「深月小姐也忘了那個人吧，否則過年期間，我就只會準備烤麻糬」喔！」
「呃，為什麼會說到這個……？」

就算追問原因，桐谷也只是鼓著臉轉移視線，一副鬧彆扭的樣子，完全不回答。

「不過，就算你不說，我也會把那段回憶帶進墳墓，畢竟都已經是過去的事情了。比起這個，桐谷你——」

「我嗎？」

「……沒事，當我沒說。」

小學時的初戀……要他忘記那段回憶，應該會顯得心胸狹窄吧。

深月喝了一口咖啡，想要清除這尷尬的氣氛。她總覺得咖啡比平常苦。

「……加點方糖好了。」

「咦？好稀奇喔，妳不是只喝黑咖啡嗎……難道是覺得比平常苦？」

「沒有啦。咖啡沒有比平常苦，就是不知道為什麼想加點糖。」

「那……要加幾顆方糖？」

裝滿方糖的罐子來到深月眼前。

「謝謝你。那我加一顆好了。」

深月這樣回答之後，糖罐的蓋子打開然後浮出一顆方糖，輕輕地落入咖啡裡。

就在這個時候，黑貓太郎回到客廳。

1.日本人覺得吃醋時，人的臉會氣到鼓脹起來，模樣就像麻糬在火爐上一直烤到漸漸膨脹起來，所以最後就演變成「烤麻糬」等於吃醋的意思。

「喔，看來暴風已經過去了啊。」

太郎在桐谷的房間等到柚月的氣息完全消失。他走到深月的腳邊磨蹭，尾巴也纏在深月的腿上。

「啊！太郎你這個傢伙！你是公的，不可以這樣碰深月小姐！」

「放心吧！就算我跟深月黏在一起，甚至鑽進她的被窩都無所謂，反正我又不是人類。」

「如果你是人類的話，我早就把你丟到外面吹冷風了。」

太郎和桐谷像平常那樣鬥嘴，令人不禁露出微笑。

一旁的深月把視線拉回手邊。

魔法驅動馬克杯裡的咖啡匙攪動，方糖溶解在苦澀的味道裡。

（……婚禮嗎？）

深月想起柚月最後留下的那句話。

話說回來，桐谷會想辦婚禮嗎？會想和我一起……

（桐谷不喜歡在人前露臉，應該不會想辦婚禮……但這也只是我的猜測。就算辦了婚禮之類的，要不要正式登記也都還沒有問過他的意見……）

要確認他對婚禮等事情的想法才行。

或許，應該趁妹妹還在的時候一次問清楚，自己一個人很難問啊……想到這種消極的個性，深月就覺得自己很沒用。

很遺憾的是，這一點從十年前就沒有變過。

對前男友的積極感到目眩神迷，從那個時候到現在都一樣……

「……不過現在是真的再也不想遇到那種人了。」

深月喃喃說給自己聽，然後喝了一口咖啡。

咖啡的溫暖和微微的甜味，把過去的痛苦回憶沖進記憶的墳場。以後大概不會再跟那種人有任何關係了……

然而，就算自己不主動招惹那樣的人，也難保不會在不得已的情況下碰上。

在那之後不久，深月才發現自己竟然忘記這麼重要的道理。

第二章 ✦ 魔法師的後輩

新年過後不久，不知不覺來到春季。

約莫兩個月前曾降下大雪，但現在已經完全沒有雪的氣息，陽光和春風都很溫暖，彷彿櫻花隨時都會盛開。

除了新春參拜的時候妹妹柚月突然跑來，深月的生活在那之後就沒有什麼大幅度的變化。

桐谷像平常一樣親手為深月做美味的料理，兩個人一起喝咖啡，也會傾聽深月偶爾對工作的抱怨，然後讚美：「深月小姐真是個認真努力的人。」

桐谷為數不多的朋友黑貓太郎每天都施展毛茸茸的療癒能力，另一位朋友烏鴉小讓也會經常在早晚通勤的時候到身邊嘎嘎叫。

每天都很開心。

……深月過了好一段順遂的日子，直到四月上旬。

四月是公司的新年度，現在已經過了一週。節日特有的忙亂已經漸趨穩定，現在開始回到平時的工作狀態。

一年之中的三月到四月，是公司內部變化最大的時期。

前一個年度的企業經營方針或目標會在這時候切換，內部員工會因為轉職或異動產生變化。前年夏天深月轉任婚顧的時候，是因為前任員工突然要離職，所以屬於非常規的人事異動，但基本上現在才是人員異動的時期。

而且，新的年度開始，不只有人會離職，還有很多新人會在這個時候進來。

那天早上──

深月的婚顧部門，也在這個時候出現人事異動。

「那個──新員工結束研習，今天他們就會分配到各個部門了。然後，今年我們部門也會加入新血！」

年近五十的部長身邊，站著一名身穿全新西裝的年輕男員工。

哇──深月和整個部門的人都發出感嘆之聲。

這位新進員工是應屆畢業生──也就是說，不久前還是大學生，學生氣息還很強烈。如果說桐谷像聰明黑貓，那這個新進員工則比較像黏人的虎斑貓，看起來很青澀。雖然努力挺直腰桿，但總覺得這身西裝和他不搭，與其說是個男人，不如說他更像「男孩」。

（真是青澀……感覺比桐谷更年輕。真羨慕他的青春啊……）

深月笑逐顏開的時間轉瞬即逝。

「大家好——我厚——啊，我叫做廣海夕人——」

嗯？看著邊笑邊揮手的新進員工，深月保持笑容但身體僵硬。

「我沒有留級，算是順利從大學畢業了，今年二十二歲。我的個人目標是讓客人、職場的同事，尤其是女性……啊，男性也包含在內啦……讓大家都能保持笑容。請各位前輩多多照顧喔！」

……好像來了一個非常輕浮的男員工啊。

這樣沒問題嗎？不安的深月望向周遭的同事、前輩和上司。

然而，大家都笑著露出像看到孫子般的溫柔眼神，其中還有中年婦女稱讚：「真可愛——」

只有我心胸狹窄、想太多嗎？我不夠從容嗎？深月對自己和周遭之間的溫度差感到困惑。

（不對不對，我以前說不定也像這樣，讓前輩覺得很奇怪……不，說不定現在也是。婚顧的工作無論是年資和經驗都還不夠，還不算能獨當一面……）

剛進公司時，原本被分配到行政工作的深月，雖然已經工作八年，但轉到婚顧部門還不到兩年。

雖然已經以婚顧的身分成功配對幾組情侶，但年底的時候也發生過男會員喜歡上自己的事件。順帶一提，那位男會員後來告知深月，自己將和非會員的女性結婚。

（我沒資格對還沒搞砸任何事的新進員工抱持懷疑，我自己才要多努力，不給前輩們添麻煩才行……）

當深月正在重新修正自己對新人廣海的想法時，部長已經開始向他介紹部門裡的人員。

深月是最後一個。

因為是按照在部屬中的資歷介紹，所以深月也已經預料到自己會是最後一個——

「最後是高山深月。廣海就交給妳帶了。」

「咦？」聽到部長這句話，深月停了一拍才反應過來。

「我、我帶嗎？」

「高山妳是組長，所以應該很擅長帶新人。你們年紀比較相近，應該很有話聊，那就拜託妳負責教廣海了。」

「呃，咦？不是，部長，我——」

深月想告訴部長，她不記得自己擔任過組長，而且新員工比自己小七歲，但部長已經把一份檔案塞到自己手裡。

「這是廣海的研習內容。」

「呃，部門的研習……由我來帶嗎？」

「當然囉。目前就以他的研習為優先，顧客那邊除了有指名的預約以外，都由其他人跟進。廣海，你要好好向高山學習。」

聽到部長這樣說，同事們紛紛表示同意，廣海則是開朗地說：「好喔——我會好好加油。」

「那我去開會了。廣海，我們晚點見！」

部長很滿意地拍拍廣海的肩膀，抓起文件就迅速離開這層樓。周圍的同事紛紛說：「高山小姐，顧客就交給我吧！」、「廣海老弟加油喔！」然後各自回到自己的崗位。

一回神才發現，現場只剩下廣海和自己兩個人了。

「高山前輩，麻煩您高抬貴手了！」

深月舉起手欲追上部長，聽到這句話才轉向廣海。

視線相對時，他露出滿臉笑容。

看樣子他已經認定深月就是負責帶他的人了。

看到他的笑容，深月雖然覺得很抱歉，但還是在心裡嘆了口氣。他是自己最不擅長應付的類型。

「還是我應該稱呼您深月前輩？」

「不，叫我高山就好。」

深月迅速拒絕以拉開距離。

公司裡會喊自己名字的人，只有好友明美和陽菜。沒有人和自己同姓，所以不需要刻意用名字稱呼。

「呃……總之，我先從業務內容和一整天的行程開始說明。」

深月打開部長遞給自己的新人研習檔案。

然後她決定先按照上面的內容教廣海。既然有研習內容的大綱，同事也都願意協助，應該不會有什麼問題吧……

……然而，廣海並不是用一般方法就能教育的問題兒童。

他完全不聽人說話，也不寫筆記。內容記不住，上班也總是壓線遲到。

如果只是這樣，頂多就是個不會做事的新人。

但是，他還有更嚴重的問題。

——無論是顧客還是員工，只要是女性廣海都會去搭訕，這可是很嚴重的問題。

「那個，廣海……以後不准再搭訕顧客了。」

廣海分配到顧問部門幾天後，第一次讓他接待客戶，結束之後深月非常不愉快地告誡他。

雖然深月心裡其實覺得還不能讓他接待顧客，但部長對廣海抱有期待，說什麼「即時戰鬥力很重要！」就讓他從今天開始從旁協助深月，在窗口接待顧客。

結果，他竟然追求前來諮詢的女性顧客，犯下這麼離譜的大錯。在他搞砸時就應該要阻止，但顧客被他的言辭哄得很開心，所以也不能在顧客面前訓斥他。

因此，只能拖到現在才開口。

「咦？這樣不行嗎？對方有登錄會員啊！」

「現在或許沒什麼問題，但這種行為很有可能會引起後續的客訴，所以請不要再這樣做了。」

「什麼！可是客人很高興耶。真的會接到客訴嗎？」

深月回憶剛才廣海的舉動。

他對女顧客說「妳這麼可愛，竟然單身啊！」、「我都想跟妳結婚了！」之類的甜言蜜語。

就算那些話出自真心，女顧客也很開心，但這絕對會是大問題。

「如果客人要你真的跟她結婚，你要怎麼辦？」

「怎麼可能，對方一定知道我是在說客套話啦——」

「我說你啊……」

「沒問題的！高山前輩太愛操心了啦！走，我們繼續下一場吧！」

廣海這樣說，擅自結束剛才的話題。

深月苦惱到極點。這傢伙完全不聽人話啊！

接著，腦海裡突然出現討厭的記憶，和現在眼前這個難應付的輕浮男連結在一起。

……這個新進員工，還真是跟前男友一模一樣啊！

◆◆◆

廣海開始研習已經過了一週。

「深月小姐，妳累了嗎？」

深月一回家就癱在沙發上，桐谷靠著沙發出聲關切。

聲音裡滿是擔心的他，正在準備晚餐。

他離開後，無人的廚房裡，魔法仍然沒有停止料理。蔬菜等食材和調味料飄浮在空中，仍然是很不可思議的光景。

「啊，抱歉……也沒換衣服就癱坐在這裡。」

深月正打算起身，桐谷就出聲制止：「沒關係，保持妳最放鬆的樣子就好。」

接著，他盯著深月的眼睛低聲說：

「看是要找我商量還是發牢騷，只要妳願意，我都會聽。」

桐谷溫柔的一席話，讓深月緊張的情緒和緩下來。

正因為抱著孤身奮戰的心情，聽到他體貼的話，才更加覺得感動。

「那個啊，其實，現在的工作不像之前那樣……我現在負責帶分發到部門的新人。然後，負責帶新人是沒關係，但是……」

「教新人很累嗎？」

「嗯，的確是很累……對方是我不擅長應付的類型。」

「是什麼樣的人呢？」

「呃……是個輕浮男。」

深月想了想，用一句話總結。

聽到這個詞，桐谷的眉毛抖動了一下。

「輕浮男的話，就是男人囉？」

「對，但他感覺還像是個大學生。」

「那、那不就是深月小姐的前——」

桐谷說到一半，甩了甩頭沒有說下去。

看他這個樣子，深月覺得疑惑。

「前什麼？」

「啊……我想他就是前一陣子安排在深月小姐這裡，但是有點難以應付的人吧。」

「是啊……」面對苦笑的桐谷，深月垂下頭。

「話說回來，為什麼會是深月小姐負責帶新人？」

「我們這個部門，每個人都比我年長，上司說我跟他年紀最相近，所以就交給我了……還有，部長說我是組長。」

「咦？深月小姐是管理職嗎？」

「不是啊，我想應該是部長記錯了……」

深月回溯記憶，至少自己不記得有人事命令。

只能說部長那天肯定是有什麼誤會。

「這樣很奇怪耶，擔任組長的人也沒說什麼嗎？是說，到底誰是組長啊？」

不知道是不是覺得深月很可憐，桐谷說得慷慨激昂。

……然而，他這句話讓深月發現很重要的關鍵。

話說回來，前任組長離開之後，到底是由誰繼任？

是誰負責組長相關的工作內容啊……

「……是我。」

深月不禁橫倒在沙發上。

靠墊輕巧地接住深月的頭。

「呃，深月小姐是組長嗎？」

「雖然應該不是我，但沒有其他相似職位的人了……要跟部長確認清楚才行……」

由深月負責帶新人這件事已經拍板定案，而且之前一直以為部長是誤會自己是組長，所以才沒有開口糾正。

然而，要是因為這樣就真的被當成組長，那就麻煩了。

如果平常被硬塞各種工作就是組長的職責，那至少該拿的職位和津貼都要拿到才行，否則這個工作實在很苦也很不划算。

「難怪我覺得這種硬塞工作的方式很不對勁……」

「公司內部的人事任命和部門的認知有差距。」

「可能是因為前任員工走得太突然，導致人事部門和部長都亂成一團吧……不過，我也太遲鈍了……怎麼會沒有發現啊……」

「一般人通常會放棄，但深月小姐是會努力撐下來的人啊。」

「這是好事嗎？」

「好不好要看時間和場合，但我個人很尊敬這一點喔。」

深月聽到自己的頭髮發出摩擦的沙沙聲，便維持頭躺在靠墊上的姿勢將視線往上移。

視野的邊界能看到桐谷的手。

「……啊，抱歉，不知不覺就……」

「嗯，沒關係。沒關係啦，我……不會覺得不舒服。」

「嗯……那我可以摸摸妳的頭嗎？」

桐谷這樣問，深月輕輕點頭說好。

桐谷一度退縮的手，輕柔地碰觸深月的頭髮……然後慢慢輕撫深月的頭。

深月心跳加速，悄悄閉上眼睛。

總覺得如果因為害羞而拒絕，一定會很後悔。桐谷手上的重量讓人覺得很舒服，被他碰觸到的地方都獲得舒緩。

「……桐谷，你現在該不會動用了魔法吧？」

「咦？廚房那裡的確是大用特用啊。」

是在說廚房嗎？桐谷這樣問，深月輕輕地搖搖頭。

看樣子這種輕飄飄的感覺，並不是因為魔法。

「……桐谷，如果拿到組長的津貼，我就買一套高級西裝給你。」

「哇，好高興喔。那我就期待那一天囉。」

「好！那明天也要好好加油！」

說完，深月彈起上半身。

不知道是因為躺著休息了一下，還是因為他那雙有療癒效果的手，深月覺得身心都變得輕盈許多。

也可能是心裡的憂鬱被沖淡了，肚子餓得咕嚕叫。

「唉……真討厭。」

「晚餐快要好了。」

桐谷輕輕笑著走回廚房。

深月害羞得滿臉通紅，就這樣坐到餐桌前。

等了一會兒，好幾個盤子就輕飄飄地伴隨香氣來到深月眼前。

「春天的高麗菜最好吃了，所以今天的主菜是高麗菜捲。其他的湯和沙拉也都用了春季的蔬菜喔！」

快吃吧！坐在正對面的桐谷主動勸菜，深月和他一起雙手合掌說：「我開動了！」

熱湯裡充滿春季蔬菜的甘甜，把深月心中殘餘的緊張感沖洗乾淨，滋味柔和又讓人放鬆。不僅如此，油菜花特有的苦味和蛤蜊高湯完美呈現了層次感。

沙拉也大量使用了四季豆、荷蘭豆、豆瓣菜等營養豐富的春季蔬菜，再淋上手作的紅蘿蔔沙拉醬。沙拉醬非常美味，感覺再多生菜都吃得下。

主菜高麗菜捲燉得很柔軟，用筷子就能輕易切開。

從外面包覆餡料的高麗菜口感柔嫩，送進嘴裡之後，肉的鮮味和洋蔥的甜味在口中化開，接著是——

「——啊，這裡面有竹筍！」

「對，我想這樣口感會更有趣，所以就試著加進去。」

「嗯，好棒喔。真好吃！」

深月不禁邊吃邊露出微笑。

桐谷每餐都用心準備，以免深月吃膩。

味道當然無可挑剔，不過他這份心意更讓人開心。因為深月知道自己就算想做，也一定沒辦法做到像他這樣的程度，所以更加感動。

「我都已經不知道是第幾次這麼感動了，真的很好吃。」

「我每天看到深月小姐開心的樣子就很高興……對了，深月小姐明天要去聚餐對吧？」

「沒錯沒錯，明天是新人的歡迎會。」

「那我去接妳回家。」

嗯？深月在吃下高麗菜捲的瞬間，睜大眼睛眨了眨。

嚥下高麗菜捲之後，接著開口問桐谷原因。

「……你是說聚餐結束要來接我？呃，為什麼？」

「因為我擔心深月小姐啊！」

「咦？我沒事啊！我可以自己回家，而且也不會喝到回不了家——」

「我看過很多次深月小姐聚餐後喝醉回家的樣子耶。」

呃，被這樣一說，深月無言以對。

……他說得的確沒錯。

夜裡把桐谷從路邊撿回家那天喝醉，更早之前和桐谷初次見面的那天也喝醉，還醉到讓當時還是高中生的他照顧一個晚上。

雖然這都是好幾年才會碰上一次的稀罕事件，但兩次都被他撞見，實在很難解釋清楚。

「而且，深月小姐和我締結契約那天也是，一喝醉……就會變得很可愛。」

我會擔心啊。桐谷撇頭這樣低語。

看到他稍微害羞的動作，深月在心裡悄悄反駁。比起喝醉的自己，這樣的桐谷更可愛啊！

「所以，我會去接妳。」

桐谷這樣說，一副不接受拒絕的樣子。

他都說到這個地步了，深月也沒辦法拒絕。

而且，他這麼擔心自己，其實深月也很高興，可以感覺到他很重視自己。

「呃……那就拜託你了。我不會去續攤，麻煩你到時候來接我。」

「我知道了。我會在店外面等妳。」

桐谷露出溫柔的笑容，深月想起去年年底他來公司時的事情。

說不定會被公司的同事揶揄……雖然有這層疑慮，但深月意外地並不覺得討厭。

◆◆◆

翌日，星期五。

下班後，深月和部門的同事一起前往廣海的歡迎會會場。

會場在公司附近的大眾居酒屋，部門包下居酒屋的一個角落，開始廣海的歡迎會。

部門裡十幾名員工全員到齊後，先由部長致詞。

「廣海非常積極，尤其獲得人事部的女同事大力讚賞，是備受期待的新人。能夠拉他進來，我這個部長也覺得非常驕傲。有他加入我們部門，今後一定能發展得更好——」

（……他該不會連人事部門的女員工都搭訕吧……）

聽著部長的致詞，深月不禁開始不好的想像。

不過，如果是這樣的話，深月就比較能認同上司選擇這個問題兒童的原因了。

而且，看樣子選擇他來這個部門的人，就是部長。他在人事部門獲得良好評價，部長一定是完全相信這些評價才會這麼做吧。深月在心裡悄悄決定，應該要讓部長看看他研習的樣子，好好重新評估一下。

不久，部長帶頭乾杯，正式開始今天的聚餐。

深月坐在末座，聽同事們聊天……就這樣，她已經喝完三杯酒。

突然，上座那裡變得好熱鬧。

「看過來！我廣海夕人要來表演拿手才藝！」

廣海起身這樣宣言之後，大家都好奇地看過去。

深月也遠遠地窺探他的行動。

深月心想，他是要模仿、變魔術之類的嗎？此時，廣海伸出雙手手掌，自信滿滿地說：

「接下來我要表演的是沒有任何機關的『魔法』。」

喔——現場響起一陣混合笑聲的拍手。

大家正熱鬧的時候，只有深月一瞬間因為奇異感而渾身僵住。

（剛才，他說的魔法，應該是指魔術……吧？）

魔法師不可能光明正大在人前使用魔法……

為了消除心中的狐疑，深月拿起手邊的酒杯，就這樣邊喝酒精飲料，邊看著廣海——

「我來讓枯樹枝開花……請看！」

——他這樣喊完之後，深月就一直咳個不停。

因為，他手上的免洗筷突然開滿櫻花。

深月咳得很厲害，所以坐在對面的同事一臉微醺地問：「高山小姐沒事吧？」

「我、我沒事，只是被碳酸氣泡嗆到而已。」

「是喔——」深月笑著帶過，同僚說完就再度望向廣海。

……深月調整了一下呼吸，也再度看著廣海。

因為沒有靠近看，所以也不能斷言事情「不對勁」。但是，那櫻花看起來不像假花，而是真花。

看上去的確是從免洗筷長出樹枝，然後開滿櫻花。

（剛才那是……不對，那應該只是單純的魔術……只是讓人看起來很像真的而已，不會真的是魔法吧……）

「廣海，真是太厲害了！怎麼做到的？手法是什麼？機關呢？」

就在眼前看到魔術的部長緊緊追問。

看樣子部長很喜歡廣海的表演，對他讚不絕口。不知道是不是自己也想試試看，部長很在意魔術的手法。

不過，廣海笑著，一副理所當然地回答：

「真是的，部長，這是魔法啦！我有證據……就是這個！」

廣海揮動手上開滿櫻花的筷子，接著就開始下起櫻花雨。

這樣的光景讓深月目不轉睛。櫻花花瓣是從哪裡飛來的？深月發現，櫻花花瓣從空無一物的空中浮出來。

（不對不對不對，這一定是魔法！）

看到廣海興致高昂地展現魔法，深月已經完全酒醒。

傻眼地看著其他同事，發現大家只是開心地笑著或者覺得很佩服，沒有人發現廣海的魔法。大家都相信這是精巧的魔術，毫不懷疑。

（為什麼大家都不覺得奇怪呢……這種情況真的很不對勁吧？）

雖然深月覺得大家毫不懷疑很奇怪，但仔細一看就發現……現場的每個人早就都喝醉了。

因為完全失去懷疑的理性，當然也不會有人發現廣海的魔術有多不可思議。

「我來了我來了——這一桌也來賞個花吧！」

正當深月覺得困惑，廣海本人雙手拿著開滿櫻花的免洗筷靠過來。

他揮動筷子降下櫻花雨，同事們都像少女一樣發出尖叫。因為大家都喝了酒，整個興奮到不行。

而廣海似乎發現，只有深月很冷靜。

「咦？高山前輩，妳有認真喝酒嗎？」

「有啦有啦。」

「那妳怎麼還這麼沒活力？嗯……因為平時我都受前輩妳照顧……」

廣海拿著開滿櫻花的筷子，然後藏到身後，接著說：

「三、二、一……妳看！」

說完之後，剛才的東西又再度出現在深月面前。

然而，筷子的形狀已經消失。

變成一大把紅色玫瑰花束。

「這是對妳平時照顧我的感謝之情，請收下吧！」

「謝、謝謝你……？」

深月不自覺地收下。

旁邊和對面的同事紛紛羨慕地說：「高山小姐真好——」、「我也想要從廣海手上拿到花束——」

「今天用太多魔力了，所以下次我再送給大家。」

說完之後，廣海就回到部長身邊的座位。

深月盯著他看了一陣子，再回頭看手上捧著的玫瑰花束，然後確定，自己的判斷絕對沒錯。

廣海夕人……他一定是魔法師。

◆◆◆

「廣海，你能過來一下嗎？」

深月下定決心，向廣海搭話。

兩小時的聚餐已經到了尾聲，大家差不多要離開居酒屋的時候——

原本緊跟著部長走到店外的廣海，因為被深月叫住而停下腳步。

「我嗎？高山前輩，怎麼了？啊，那束花要好好裝飾在家裡喔——」

「啊，嗯，謝謝你……不對，那個，我是要說廣海你的魔術——」

「啊——那是魔法喔。很厲害吧！」

「嗯，你真的……會用魔法對吧？」

廣海一副沒事的樣子說出那樣的話，深月也順口問下去。

結果，不知道是不是深月關鍵的問題超乎預料，廣海很罕見地想了一下。

他到底會怎麼回答呢……

深月戰戰兢兢地等著，突然，廣海揚起嘴角、瞇著眼睛笑了起來。

「哎呀哎呀——高山前輩……該不會是愛上我了吧？」

「什麼？你在說什麼……」

「說到這個，我回到座位之後，妳還是一直偷瞄我對吧？咦？那該不會就是，愛上我的意思？」

「才、才不是！完全不是！」

雖然自己也知道被廣海捉弄，但急著反駁的深月，說話音量自然而然變大。導致除了廣海以外的人也聽到了。

「不是什麼？深月小姐？」

聲音來自和廣海不同的方向，深月循聲看過去。

那裡站著療癒深月心靈的未婚夫。他按照約定，在居酒屋外等著深月。

「啊，你來接我了，桐——」

「這不是桐谷前輩嗎？」

咦？深月望向廣海。

他看到桐谷，眼神變得閃閃發亮。

反觀桐谷，他的眼神露出以前從未見過的暗沉泥沼色。

「不是吧，好久不見！兩年——不對，是三年嗎？沒想到會在這裡相遇，真是太巧了——哇，真的是前輩嗎？」

「咦？你們兩個認識嗎？」

「我們是魔法師夥伴喔！從以前就是！」

面對深月的問題，廣海開開心心地回答。

以前桐谷曾經說過，每一萬個人裡面只會有一個魔法師，沒想到自己的身邊就有一個，這讓深月驚訝地眨了眨眼。

「哎呀——我好高興。你沒有告訴我聯絡方式，又突然消失不見，害我超擔心的。啊——這就表示我們果然很有緣啊～是說，高山前輩和桐谷前輩是什麼關係？」

「呃，我是——」

「深月小姐，我們回家吧。馬上，而且要盡快。還有，把花束還給那傢伙。」

桐谷牽起深月的手，並且搭著她的肩膀。接著，拿起花束還給廣海，強行帶深月離開現場。

「咦？等、等一下……桐谷前輩，為什麼無視我的存在啊？」

拿著花束的廣海從背後這樣喊，但桐谷一副充耳不聞的樣子。

途中微醺的部長和同事們紛紛叫住深月：「妳要回家了啊？」、「都還沒喝夠，去續攤吧～」不過，發現是年底時傳聞中的帥哥未婚夫來接深月，大家馬上轉而催促兩人回家。

「高山快回家吧！難得未婚夫來接妳。」

「呃，未婚夫嗎？」

聽到部長這句話，廣海目不轉睛地盯著深月看。

桐谷摟著深月的肩膀，想藉此遮蔽廣海的視線。

「抱、抱歉，我先走了！」

深月慌慌張張地和大家打招呼，然後和桐谷一起離開居酒屋。「要幸福喔～」背後傳來同事們的聲音。

正當深月覺得桐谷和廣海兩人打招呼的熱度不同時——

「深月小姐……妳之前說的問題兒童，就是那傢伙嗎？」

「嗯，沒錯。那個，廣海他……」

「哎，真討厭……竟然從深月小姐口中聽到那傢伙的名字……」

桐谷像是作了噩夢般，對著夜空仰頭哀號。不知道是不是想盡快遠離居酒屋，桐谷沒有減緩回家的腳步。

「那個，桐谷，你和廣海認識啊？」

「是啊。雖然我很不願意承認，但還算認識『廣海』這個人。」

用一副很噁心的樣子說出這句話的桐谷，表情看得出來真心討厭廣海。

他露出這種以前從未見過的表情，讓深月不知道該不該繼續追問兩人之間的關係。因為自己不了解桐谷的地方實在太多，她沒辦法判斷哪裡會踩到地雷。

「……我和廣海第一次相遇，是在我高三的時候——剛好是遇見深月小姐之後，沒過多久的秋天。」

桐谷發現深月有所顧慮，所以自己主動開口說。

「我上學的路上會經過公園，裡面有個花圃。就像那樣。」

桐谷指著路過的公園。

種滿鬱金香的花圃，是公園很常見的東西。不只這裡，其他公園應該也會有。

桐谷一邊走過公園一邊繼續剛才的話題。

「那個時候波斯菊開得正漂亮，讓路人的眼睛都獲得療癒，不過……那天波斯菊都被吹倒了，看起來像是出現一陣旋風，但我馬上就發現那是魔法搞的鬼。」

公園裡的櫻花樹散落櫻花花瓣，在人行道上鋪成地毯。

已經過了櫻花的賞花季，地面比樹枝更加絢爛。兩人走在人行道上，櫻花花瓣在地面上紛紛起舞，就像是有風吹起一樣，形成粉色漩渦。

好像是桐谷用魔法引起的風。

原來也能做到這種事啊……深月覺得有點開心，臉頰不禁往上提。

「隨意摧毀沒有做錯任何事的花圃，是違反魔法師信條和理念的行為。」

「這個……你們好像有規則對吧？」

聽到深月這樣說，桐谷點頭稱是。

——『魔法師基本上必須要為某人或為某些事而使用。』

以前，桐谷曾經這樣對深月解釋過。的確是有這樣的限制條件呢。

「那也就是說，以前有壞魔法師囉？」

「我也這麼認為。這種惡意使用魔法的情形，會讓魔法師的壽命縮短，所以是非常罕見的特例。」

「呃，會縮短壽命嗎？」

「啊，不是人類的壽命……而是會停止供給魔力。不到二十五歲，自然界就會停止提供魔力，如果是像我這樣有契約在身的人則會立刻廢止契約。之後，也沒辦法再跟任何人締結契約。」

「好、好嚴格喔……」

「嗯，因為這份力量真的很方便。」

桐谷回頭揮了一下手。

結果，櫻花花瓣就像用掃把掃過一樣，整齊地堆在一處。這樣一來，打掃人行道的人應該會很輕鬆。

「我畢竟也是魔法師，所以晚上偷偷用魔法把倒下的花復原。畢竟不是完全枯萎，所以我想施展魔法應該可以讓花恢復活力。」

「這樣啊……桐谷真是好人。」

「哪裡，我當時只是想爭取分數。」

「呃，什麼分數？」

「聽說動用自私的壞魔法時，可以和使用好魔法的分數功過相抵，算是一種保險……話雖如此，這也只是我從第一次見到的魔法師那裡聽到的，不知道是否屬實。」

聽到桐谷的說明，深月稍微能理解了。

如果以前一直都做好事，卻因為做了一點壞事就馬上出局，那真的是因小失大。好壞也有等級之分，用等級判斷處罰這件事，在人類的日常生活也會出現。

聽完桐谷的說法，深月覺得過去的善行應該也要加入判斷元素，讓人就算失敗也有挽回的機會。

「所以，桐谷就把花圃恢復原狀了。」

「對。結果，隔天我去看花圃的狀況時，被一個國中生發現。他說：『就是你把花圃恢復原狀的吧！』……那個人就是廣海。」

「呃，廣海發現你是魔法師了？」

「魔法師可以感受到魔力的流動，所以同類在附近就會知道。順帶一提，我也可以知道深月小姐人在哪裡，因為我們已經締結契約了。」

「是這樣嗎？」深月顯得很慌張。

這還是第一次聽到，竟然有這麼方便的功能……

「所以，把花圃弄亂的人就是廣海。」

「廣海是壞孩子嗎？」

「不，其實差點飛進花圃的是一顆足球，所以他當時好像是想保護波斯菊……結果反而把波斯菊都吹飛了。」

「哇……」聽到桐谷說起事情的始末，深月張著嘴瞠目結舌。

「竟、竟然有這樣的事啊……」

「嗯，那傢伙很不擅長控制魔法，之前就連讓花盛開都不會。」

看樣子並不是所有魔法師都能靈巧地使用魔法。

因為桐谷能收放自如地使用魔法，所以深月從來沒有想過世界上還有笨拙的魔法師。

不過，說不定桐谷在魔法師當中算是特別靈巧的人。他以前說過，自己不用魔法也能做出一樣的料理，從這一點就看得出來他有多靈巧。

「在那之後，他就很黏我，纏著我收他為徒，每次見面都要替那傢伙闖的禍擦屁股。」

「啊哈哈……所以廣海很喜歡桐谷啊。」

「我討厭他。」

桐谷馬上秒答，深月不禁苦笑，看樣子他真的很討厭廣海。

他邊嘆氣邊告訴深月原因。

「……那傢伙的行為非常偏激，一心想模仿我，可是他的人際關係不只和我不一樣，還完全相反。尤其是對女性，剛開始還好，但最後對方都會勃然大怒，事情一發不可收拾，然後我還是得幫他收拾善後。」
「那、那還真是有點討厭呢……感覺好麻煩。」
「對，很麻煩。所以，我偷偷把自己藏起來，讓他感受不到我的魔力。我已經下定決心，不要再跟他扯上關係。」
聽完桐谷的說明，深月很認同他的心情。
同時也鬆了一口氣。
「原來如此啊……太好了。」
「太好了？是什麼意思？」
「那個……我以為是你不想讓以前的朋友知道，我是你的未婚妻。」
「不是不是。是那傢伙太危險，我當然想把妳介紹給親近的人。」
「譬如太郎或小讓嗎？」
「對啊。不過，他們不是人類就是了……」
「但是他們都是很好的朋友呢。」
「這一點我同意，他們比我過去接觸過的人類好太多了。」
深月想像，太郎和小讓這個時候應該在打噴嚏。
順帶一提，貓和烏鴉都是會打噴嚏的。深月和他們接觸之後才知道這件事。
「不過，我的確不想讓那傢伙知道我和深月小姐的關係。他一定會來搗亂……我太大意了，怎麼會沒感應到那傢伙的魔力？」

桐谷抱頭苦惱。

看樣子他真的不想讓廣海知道。

「總之，妳要小心那傢伙……不過，他畢竟是公司裡的新人，應該很難不理他。」

「嗯，我知道了。我會盡量注意。」

深月和桐谷聊著聊著就回到家了。

打開門之後，太郎就等在玄關。

「外面不冷嗎？」

「不會啊。怎麼了？」

「不知道為什麼，我一直打噴嚏。」

太郎吸了吸鼻子，深月和桐谷則露出苦笑。

深月決定先去洗澡，不過這與太郎擔心的寒意無關，而是因為桐谷已經算準時間提前準備好泡澡水。洗完澡全身清爽之後，深月開啟放鬆模式，換上居家服之後就走出更衣室。

叮咚——剛好在這個時候，門鈴響了。

「嗯？都這麼晚了，是誰啊——哇！」

深月正打算確認對講機畫面，桐谷就從背後拉住她。

她整個人往後跌入桐谷的臂彎中。

「呃，桐谷，怎、怎麼了？發生什麼事？」

深月心跳不已地轉身看著桐谷。

他就像看門狗察覺可疑人物的樣子，用可怕的表情瞪著玄關。

「……深月小姐，妳往後退。」

說完，桐谷就望向對講機的畫面。

深月也一邊警戒，一邊拉開一段距離，從他身後看著對講機畫面——然後摀住差點喊出聲的嘴。

畫面上出現的是稍早在居酒屋前分開的新人——廣海。

『嗨——我跑來了♪』

「給我回去。」

桐谷馬上掛斷對講機。

接著，他急忙抱著深月的肩膀。

「可惡，既然如此只能讓深月小姐到我房間避難——」

「等、等一下，你要去哪裡？我想說要續攤，才特地跑來的耶——」

廣海已經站在玄關裡。

接著，他興匆匆地脫鞋，擅自進到室內。回過神來他就已經在那裡，完全讓人察覺不到門被打開。

「喔！黑貓也一起同居，真不愧是桐谷先生耶～」

「這傢伙是魔法師啊……」

好像看到什麼可疑人物似地，太郎尾巴膨脹了起來。

廣海笑著看了看太郎，雙手提著塑膠袋，未經許可就往客廳走。

「喔──客廳也很不錯耶，可以感覺到桐谷前輩的魔力留下痕跡……真好──要是我也能像這樣用魔法做很多事就好了。啊，兩位要喝什麼？我買了很多酒和小菜喔──」

「深月小姐，我來把這傢伙趕到外面去。」

桐谷用比平常低很多的聲音這樣說。

雖然臉上帶著笑，但眼神裡毫無光彩，背後也充滿黑暗的氣息。

這下就連廣海都覺得不妙，他慌慌張張地說一些「那個，不是這樣的……」之類完全無法辯解的藉口。

「我管你是不是，你未經許可就闖進我和深月小姐的家，而且還看到深月小姐穿著居家服的樣子，所以沒什麼好辯解的。」

「前、前輩，請冷靜一點！我還不想死啊！」

「話說得真難聽啊，我只是要告誡你不要再犯相同的錯──」

「高、高山前輩，救救我……請妳救救我吧！」

脖子被一把抓起並且往外拖的廣海，用害怕的眼神向深月求救。

「等、等一下，桐谷，不要這麼著急！」

深月慌慌張張地阻止桐谷。

現在的桐谷會對廣海做出什麼事，光想像就覺得有點害怕。這不是為廣海著想，而是不希望桐谷變成罪犯，所以才出言阻止。

桐谷不知道是不是感受到深月的心情，表情變得柔和。

不過，抓著廣海脖子的手，並沒有減緩力道。被牢牢抓住的廣海，就像別人家的貓一樣異常乖巧。

「呃……廣海，我能問你為什麼會跑來我家嗎？」

「我、我想和你們兩個人一起喝酒！」

廣海看著深月熱切地這樣說，桐谷只是冷淡地回答：「我不想跟你喝酒。」兩人之間的溫度落差極大，就像盛夏的最高溫碰上寒冬的最低溫。

「尤其是好久沒見到桐谷前輩了，我太高興，就跑來了。」

「你想來就來，都不用為深月小姐想一想嗎？」

「對、對不起。」被桐谷狠狠一瞪，廣海嚇得縮成一團。

（我在公司唸他的時候，他明明只會說「歹勢喔」隨便亂回答……）

看到新人老實道歉，深月覺得心情有點複雜。

在職場因為他煩躁了一整個禮拜，而且他會用魔法，就算上鎖還是被闖進家裡，其實真的很令人困擾。

讓桐谷盡早把人攆出去也沒什麼不好，可是……

「那個……順便問一下，桐谷現在把你趕出去的話，會怎麼樣？」

「我會用魔法立刻再回來！就算是桐谷前輩，要設下拒絕我進入的結界也要花點時間！對吧？桐谷前輩。」

可惡。桐谷罕見地嘖了一聲。

看樣子廣海說得沒錯，就連桐谷也沒辦法防止他入侵。這傢伙的確是很麻煩啊……深月開始同情以前的桐谷。

「……深月小姐，請容許我這雙手沾滿鮮血。我去趟東京灣。」

「等一下等一下！桐谷，你不要這麼急啦！」

深月再度急忙出言制止。

不能讓桐谷變成罪犯。

不過，這樣一來就不能直接把廣海趕走。

「果然還是要讓他在外面失去意識幾個小時才行——」

「桐谷，不行！」

「那個，我喝一杯就走啦！不會給你們添麻煩。所以，喝一杯就好！真的！」
深月安撫桐谷的同時也覺得苦惱，此時廣海這樣說著並且雙手合掌。
深月拉著桐谷的衣袖，在他耳邊低聲說：
「他都這樣說了，你覺得呢？他如果願意乖乖回去，我就無所謂……總比桐谷你做那些危險的事情好多了。」
「……其實，他自己願意回去最好。雖然沒抓他去填海很遺憾。」
桐谷不甘心地皺著眉頭這樣說。
廣海的脖子依然被桐谷掐著，看著深月的眼神閃閃發亮。他似乎已經知道，誰掌握了這裡的主導權。
「……只喝一杯喔。」
「嗯！好，既然決定了，就來喝吧～♪」
撇下困惑的深月，廣海脫離桐谷的束縛之後，就興匆匆地在桌上擺出買來的酒菜。
「有啤酒、燒酒調酒、沙瓦，我買了很多種！兩位要喝什麼？」
「我不喝。」
「啊，桐谷前輩只喝無酒精飲料是吧～我就想到可能會這樣，看我的。」
接著，廣海拿出瓶裝的茶和果汁，桐谷眉頭深鎖。
看樣子，廣海很擅長讓桐谷無路可退。

這樣被討厭也很正常啊。深月提心吊膽地看著這兩個人一來一往。

「哎呀——我真是沒想到能和桐谷前輩這樣聊天……啊，我現在在高山前輩的手下工作喔！對吧？高山前輩。」

「這件事我也知道……」

「啊，那就來聊聊最後一次和桐谷前輩見面到現在的這三年吧！」

「我沒興趣。」

「我會長話短說啦！」

「可以三秒結束嗎？」

「不行啦！高山前輩妳也不要露出一副不想聽的樣子嘛～」

突然提到自己，深月差點被剛開始喝的調酒嗆到。

「真是的——桐谷前輩完全不聽我說話，高山前輩妳聽我說啦～」

「咦？我嗎？」

「等一下，我聽就是了。」

桐谷出言制止纏上深月的廣海。

廣海彷彿就在等這句話，馬上笑逐顏開。

「哇，感謝您！那就邊喝邊聊吧！玻璃杯和盤子借我一下喔～」

「等等，不要擅自——啊，真是的！」

廣海雀躍地走向已經施展魔法的廚房，桐谷像是要蓋過他的魔法似地，急忙再覆上一層魔法。廣海的魔法讓櫥櫃裡的玻璃杯和盤子像火箭一樣衝出來，桐谷則是在杯盤撞上牆壁之前用魔法接住。

「喔——桐谷前輩接得好，真不愧是前輩！」

「喂！不要碰家裡的東西！也不准用魔法，需要什麼我會準備！」

桐谷像平常一樣用魔法在玻璃杯中倒入飲料，把小菜放進盤子裡。

廣海眼神晶亮地看著這一切。

「桐谷前輩真的很厲害。好靈巧喔，真的很令人尊敬。」

「你倒是沒變……還是那麼笨。」

「不不，請聽我說！自從桐谷前輩消失後，我很努力鍛鍊，現在也能讓花盛開了——」

廣海拚命想讓態度冷漠的桐谷聽自己的故事。

深月在一旁靜靜地看著兩人對話的樣子。就在這個時候，太郎來到深月身邊。

「我還是第一次看到桐谷跟深月以外的人說話。」

太郎認真地這樣說，深月也點點頭。

深月也是第一次看見，桐谷在太郎他們以外的人面前露出本性。

這樣的光景非常新鮮，讓深月有點想感謝突然找上門的麻煩廣海。真的只是有點而已，深月還是希望廣海趕快回去。

「……深月小姐，這傢伙我會應付，妳先去休息沒關係。」

對話到一個段落，桐谷這樣對深月提議。

大概是想說廣海都在聊自己的事，怕深月會覺得很無聊。

「這傢伙進不了我的房間所以很安全，如果不介意的話，妳可以……」

「不用，沒關係，聽你們兩個說話很有趣。對吧？太郎。」

「深月，我可以陪妳一起睡喔。」

「深月小姐還是待在這裡好了。太郎，你不可以這樣喔。」

「知、知道了。」桐谷牽制的笑容，讓太郎感到害怕。

桐谷似乎很認真地認為，太郎雖然是貓，但是畢竟是公的。只要看到太郎和深月睡在一起，他就會把太郎抓去洗得毛茸茸，所以最近太郎也不太會和深月睡在一起了。不過，還是會偶爾偷偷陪睡。

「桐谷前輩你聽我說啦！」

「什麼啦！我從剛才就一直在聽了啊……」

廣海單方面閒聊，桐谷隨便聽聽，深月一邊幫太郎梳毛一邊聽兩個人對話，時間就這樣過去了。

廣海似乎非常開心，酒喝得也很快。

剛才公司聚餐的時候還沒有喝醉的樣子，但現在漸漸開始雙眼朦朧了。他的眼神看起來已經完全喝醉，而且開始纏人了。

「──所以啊，我比起以前更厲害了喔。你看，我的魔法～」

廣海開始對桐谷發射泡泡。

桐谷一臉不耐煩的樣子，用魔法驅散泡泡。

「就說你不准用魔法了啊。」

「我想讓你看看嘛～我現在已經進步很多了耶～」

在泡泡之後出現的是氣球，桐谷用手指一揮，就把所有氣球都劃破了。毫不留情地劃破氣球，還用魔法消音免得吵到鄰居，真不愧是桐谷。

「……你這傢伙，是不是喝醉的時候比較厲害？」

魔法一來一往之後，桐谷好像突然發現什麼似地這樣說。

的確是這樣沒錯，深月也這麼覺得，感覺他比清醒的時候控制得更好。

「啊，該不會因為他已經喝醉，所以在居酒屋的時候和平時的魔力感覺不同……」

桐谷恍然大悟似地這樣喃喃自語。

竟然有這樣的事。深月覺得不可思議，但是看著廣海用魔法扭轉氣球做出造型，也覺得的確是很有可能。和剛才手法粗糙的魔法相比，根本判若兩人。

「不過，這傢伙和桐谷完全相反呢。」

太郎在深月的膝蓋上打哈欠，然後這樣評斷。

睡著和喝醉的時候，人的理性會消失然後露出本性——既然有此一說，或許喝醉之後，呆呆的桐谷和沉著的廣海才是他們的本性。

「……這麼說來，清醒時的桐谷理性較強，廣海則是虛張聲勢？」

「嗯——有可能。桐谷一直都努力保持理性喔，尤其是在深月睡著之後……嗯，反正就是很多時候啦。」

深月接著問下去，太郎就閉上眼睛似有深意地這樣回答。

這是什麼意思啊？深月心裡浮現問號。

……努力保持理性是什麼意思？而且還是在我睡著之後？

「欸欸，深月前輩～桐谷前輩在家裡是什麼樣子啊？」

「呃，你說桐谷嗎？」

廣海糾纏的對象突然轉換，剛才還在想事情所以一時大意的深月嚇了一跳。而且，廣海已經不是稱呼自己高山前輩了。

「等等，廣海，你不要在那邊趁亂直呼深月小姐的閨名——」

「桐谷前輩不是也喊名字嗎……是說，你們兩位是什麼關係？剛才部長好像有說什麼耶～」

「……你現在才想到要問？」

桐谷一臉傻眼的樣子，廣海認真地點點頭。
「該不會是……你們在交往？」
「你、你要這樣說……也是……」
「我們的確在交往沒錯。」
「對。」
深月慌慌張張，桐谷在一旁平靜地回答。
「深月小姐是和我締結契約的人。」
「咦？所以你們已經完成契約婚姻了嗎？」
「哇！那，呃，桐谷前輩和深月前輩在一起多久了？」
「八個月。」
「哇……深月前輩，真是看不出來耶！」
廣海眼神閃亮地看著自己，深月覺得很疑惑。
「什、什麼看不出來？」
「據我所知，沒有人能和桐谷前輩持續交往超過一個禮拜啊！好厲害喔！」
沒想到竟然會因為這樣被大力稱讚，深月不禁苦笑。
桐谷以前就說過沒人能和他長久交往，從廣海的反應看來，這應該屬實。
「這樣啊，桐谷前輩已經二十五歲了啊……我再過幾年也要二十五歲了，得趕快找願意和我簽約的人啊。深月前輩，有沒有適合的對象可以介紹啊？我現在也單身喔～」

「這種事不要問深月小姐。還有，你啊，不要因為單身就在工作的時候到處搭訕別人。不准害深月小姐煩惱。」

「喔……我知道了。可是我還是很寂寞……所以深月前輩，請對我好一點♡」

「滾回去。以後不要再來了。」

桐谷不耐煩地說。

廣海鬧彆扭似地鼓著臉頰。

「快要十二點了，不用你趕我也會回去……不過，我玩得很開心。久別重逢太高興，所以不小心就聊太久了。」

「你這可不是不小心聊太久而已吧。」

「我們三個人下次再一起喝吧……那我就先走了。」

喝光玻璃杯裡的茶之後，廣海站了起來。

邁開腳步走路的他，走得東倒西歪，整個人搖搖晃晃。

「廣海，你這樣回得了家嗎？」

「咦——回不了家的話，可以收留我嗎？」

「深月小姐不用擔心他，我會用魔法讓他酒醒，再放他回家。」

「咦？前輩要對我用魔法，真開心——好痛！」

桐谷用手指彈廣海的額頭。

深月看到這一幕愣了一下。桐谷對自己施展過很多次醒酒的魔法，但這和她印象中完全不同。之前完全不會覺得痛。

按著額頭的廣海抱怨：

「這不就是單純的彈額頭而已嘛！」

啊，果然不是這樣啊。深月露出苦笑。

「我也有用魔法，你這樣就可以回家了吧！」

「哇喔，真的耶……不愧是桐谷前輩，感激不盡～」

廣海說完揉揉額頭往玄關走去。「今天打擾了。」他留下這句話便離開了。

不久便傳來門關上的聲音。

廣海回去之後，屋內馬上回歸深夜的寧靜。

「……好，我來收拾一下。」

桐谷一揮手指，桌上的玻璃杯和餐盤就浮起來，安全地飛向廚房。其實在廣海說話的時候，桐谷也會隨手收拾空罐和食物的包裝袋，所以很快就整理完了。

與其說他厲害，不如說他對打掃已經很熟練了。

「廣海很聽你的話，說不定他其實是個好孩子……」

「不對不對，妳可不能放鬆警惕。」

桐谷用力抓住深月的肩膀。

接著，輕輕搖了搖頭。

「那傢伙真的很會添麻煩，如果工作上發生什麼事，一定要來找我商量好嗎？」

深月點點頭。

不過，此時深月只覺得「桐谷真是愛操心耶……」。

……殊不知幾天後，他擔心的事情就化為現實。

◆◆◆

聚餐後過了幾天。

深月從公司回家，正準備和桐谷一起吃晚餐。

叮咚——門鈴響了。

……而且不只響一次。

叮咚、叮咚、叮咚——叮咚叮咚叮咚——

「什麼什麼，怎麼回事？好恐怖！是誰啊？」

像鬼一樣一直響個不停的門鈴，讓端著味噌湯的深月寒毛直立。

「深月小姐繼續吃飯吧。我來讓他閉嘴。」

「呃，讓他閉嘴……？」

桐谷放下手中的筷子，懶洋洋地站起來走向玄關。

深月戰戰兢兢地跟在後面。現在可不是吃飯的時候。

對講機畫面上出現的人，是廣海。

看樣子桐谷已經發現是他來了。

「廣海？怎麼了？」

「不用管他沒關係，要是被捲入麻煩事就糟了。」

桐谷冷淡地打算忽略廣海。

「可是……」深月看著對講機。

畫面中的廣海，不知道為什麼一臉悲壯。

完全感受不到平常活力充沛的樣子，取而代之的是碰到緊急事件，慌慌張張的模樣。

而且，他平時總是穿著毫無縐摺的西裝，非常符合新進員工的形象，但現在西裝縐到像是剛從斜坡上滾下來一樣。

接著，他開始敲門。

上次喝完酒之後，桐谷就已經設下結界，所以他就算用魔法也闖不進來。

「桐谷，不聽他說說看嗎？感覺不太對勁耶。」

「……真是拿他沒辦法。既然深月小姐都這麼說了。」

桐谷深深嘆一口氣才打開門。

廣海硬是鑽進門邊的縫隙，闖了進來。

「深月前輩，請救救我！」

廣海一看到深月就用力抓緊她的手。

不過，桐谷馬上就把廣海的手拍下來了。真的毫不留情。

「我、我嗎？不是找桐谷？」

「因為這件事和工作有關……呃，我搞砸了！」

「咦？等等，你搞砸什麼？」

「其、其實我——」

廣海當場說明事情的經過。

之前，深月告誡過廣海，但廣海還是搭訕了女顧客。

被他搭訕過的女子，對那些話信以為真。

那名女子趁廣海下班離開公司的時候逮住他，要他和自己結婚。

「然後，我說那只是開玩笑，對方就勃然大怒……我好不容易才從一片混亂逃出來……」

所以他才會筋疲力盡啊。

西裝衣領的深縐摺，大概是被對方抓住的時候造成的。
「自作自受……」
桐谷目瞪口呆地這樣說。
深月都已經告誡過他，所以也沒有其他藉口了。
「嗚嗚，我已經有在反省了……所以桐谷前輩請用魔法幫幫我。那個人說明天也會來公司，到時候一定會很慘……」
「我已經幫你擦屁股擦到怕了。而且，這種事情你自己也可以處理吧？依你現在的年紀，還不用擔心魔力的問題。」
「如果可以處理的話，我就不會來拜託你了啊！」
桐谷冷淡地拒絕，廣海便淚眼汪汪地纏著他不放。
桐谷嫌麻煩似地，把廣海從自己身上拉開。
「雖然我辦不到，但桐谷前輩應該可以把那個人的憤怒轉向別的地方不是嗎？」
「廣海沒辦法這樣做嗎？」
「深月前輩應該也發現了吧……」
深月這樣問，廣海一臉陰沉地嘆了口氣。
「……我擅長的是派對型的魔法。我能輕鬆變出華麗的魔法，但是沒辦法收拾善後。桐谷前輩和我相反，他就很擅長這些事情，應該說他適合善後，還很樸素呢……」

桐谷的臉色一沉。

以前，桐谷除了幫廣海收拾善後之外，還被很多人類強迫做類似的事情。看樣子，廣海不知不覺中踩到他心裡的地雷了。

這種時候稱不上是「誠實」、「正直」的職場新人，真的讓深月傷透腦筋。同時，深月也已經了解，剛才他一定和顧客吵得不可開交。

「我絕對不會再幫你善後，你自己幹的好事，自己負責。」

「咦～怎麼這樣……深月前輩……」

廣海發現桐谷沒得商量，所以馬上轉向深月求助。

他用一種被拋棄的幼犬般的眼神看著深月。

「……雖然不知道幫不幫得上忙，但我也會一起處理，就想辦法大事化小吧。要是對方找公司投訴的話，就會變成你個人的過失了。」

「深月前輩！嗚嗚，謝謝妳！」

「話雖如此，這件事我會向部長報告。你要在顧客到公司之前，先告訴對方我們會上門賠罪。日期和時間都配合對方，我也會一起去……你辦得到嗎？」

「好，我會有禮貌地傳達！」

深月表明要幫忙之後，廣海似乎已經安心。

整理衣領上的縐摺後，說了句「那我們明天公司見！」便迅速離開了。

「……深月小姐是不是對那傢伙太好了一點？」

兩人回來繼續吃晚餐時，桐谷這樣說。

他的眼神比平時多了一點怒意，是因為突然跑來的廣海才這樣嗎？還是深月對廣海的態度讓他感到不滿？

「這樣算很好嗎？」

「以我對廣海的立場來說，的確是這樣沒錯。不過，我的確對他很嚴厲就是了。」

「這、這樣啊……但我是負責指導他的人，是我沒辦法阻止他輕率的行為。我自己不夠成熟，也是引發問題的元素之一。」

廣海也會隨意搭訕公司的女員工。

所以，深月不得不反省，自己應該可以在他搭訕女顧客之前就防範未然才對……如果自己有一點指導者兼前輩的威嚴和態度，讓新進員工不敢造次，或許就不會傷害到顧客了。

「所以，我身為指導者，必須幫忙廣海。」

深月這樣宣言之後，桐谷聳了聳肩，一副「拿妳沒辦法」的樣子。

「……那就沒辦法了，既然深月小姐都決定這麼做了。」

「你會幫我嗎？」

「那傢伙再怎麼辛苦都和我無關，但我不能讓深月小姐受苦啊。」

剛才看起來還很不高興的桐谷，傷腦筋似地笑了笑。

「確定賠罪的時間和地點之後請告訴我，我會看準時間過去。」

「嗯，知道了。那就麻煩你了。」

雖然有點不安，但有桐谷幫忙的話就放心了。

心情放鬆下來之後，深月把筷子伸向美味的晚餐。

◆◆◆

翌日——事情的進展比深月預測得還要快。

「深月前輩，糟了！」

中午休息時間結束後，深月回到公司，廣海急忙衝過來。

「怎麼了？昨天投訴的事情嗎？」

「沒、沒錯……我想說白天應該聯絡得上，所以就打電話過去……」

此時，廣海桌上的內線分機響起。

廣海接起電話。

數次點頭稱是之後，耳朵才離開話筒。

接著，他看著深月說：

「是櫃台打來的……投訴的顧客已經來了……」

「咦？已經來了？」

「我打電話去時，對方說已經在來公司的路上了。」

「怎麼會？你是什麼時候打電話過去的？」

「不到五分鐘前……」

「啊——抱歉，是我想得不夠周全。我去借用會議室，讓櫃台轉達請顧客在會議室稍等一下，我再跟你一起去賠罪。」

「我、我知道了。」

廣海按照指示請櫃台轉達訊息，然後掛斷電話。

這段時間，深月走向窗邊往外看。

（怎麼辦……要是他在就能馬上聯絡桐谷了……啊，找到了！）

深月在找的人是小讓。

他剛好停在窗邊的電線杆上。桐谷沒有手機之類的東西，所以臨時要聯絡就只能找小讓幫忙。

深月無視公司同事的眼光，用力揮動手臂呼喚他。

眼力很好的小讓馬上就發現，並且飛到深月身邊。

深月急忙跑到開著窗的位置，對他說：「快叫桐谷來！」

當然，也沒忘記餵食小讓當作報酬。

小讓喜歡油脂豐富的東西，所以深月拿出奶油糖。小讓本來還歪著頭想說是什麼事，一看到貢品，馬上就說：「知道了，交給我吧！」然後叼走糖果，疾風般地飛走。

……能做的都已經做了。

深月已經作好覺悟。

「說話要有禮，態度要沉著，不能被氣氛牽著鼻子走，也不要說多餘的話……還有，更重要的就是這次的確是你的錯，所以要真誠地向對方道歉。」

「知、知道了！」

陪著廣海前往女顧客所在的會議室途中，兩人簡短地交談了一下。

到了會議室前，廣海深吸一口氣。

接著才打開大門，兩人一起走進去。

一名女性沒有坐在椅子上而是站著等在那裡。

對方打扮得很整潔，雖然不清楚年齡，但看起來應該和深月差不多歲數。她正瞪著廣海。

然後看到深月便皺起眉頭。

「呃……妳是高山小姐。」

「是，我是廣海的直屬上司。」

深月從今天開始就獲得部門組長的職銜。

剛才向部長報告廣海的事情時，部長正式任命她組長的職位。工作內容和之前一樣，但薪資會稍微多一點，遇到這種事情的時候，職銜也會有點用處。

這位女顧客似乎還記得盯著廣海接待顧客的深月。

「我聽廣海說過事情的始末，這次廣海對您犯下如此失禮的——」

「沒錯，真的很失禮。」

氣氛突然緊繃了起來。

看樣子情況並不是深月低頭道歉就可以輕鬆解決的。

「廣海先生明明就說我很棒，想跟我結婚，而且還傳訊息給我說：『婚禮要不要在我們這裡的會場辦？』、『希望小孩生到能組足球隊♡』結果現在才說是在開玩笑……」

廣海難為情地垂下頭。

深月有聽說廣海說了哪些話，但是並不知道傳訊息的事。既然都已經談到婚宴會場這麼具體的內容，對方不覺得是在開玩笑也無可厚非。

……說白了，這根本就是渣男的言行。

「我可是花錢在找對象的，浪費任何一點時間和精神都是損失耶！你說那些話到底是什麼意思啊？」

「真、真的很抱歉！」

「不要跟我道歉！我是問你，說那些話到底是什麼意思？」

女子似乎已經打開憤怒的開關了。

事已至此，中途阻止很危險，無心的一句話也很可能火上加油。

不過，廣海似乎沒有發現到這一點。

他像個點頭娃娃一樣，一直點頭回答。

「你說過我很可愛對吧？」

「對。」

「你也說過，就算我找不到對象，還有你在對吧？」

「對。」

「……你是把我當成白癡了吧？」

「對……咦？」

咦什麼咦啊！就在深月這麼想的時候——

「別開玩笑了！」

憤怒值已經突破臨界點，變得慷慨激昂的女子對廣海舉起手。

然後毫不猶豫地往下一甩——

啪！

這一巴掌甩到擋在兩人之間的深月臉上。

「妳……妳……」

「您會生氣是很正常的。」

女子目瞪口呆，深月緩緩地開口說：

「廣海輕率地說出讓人覺得特別的話語，不只浪費您寶貴的時間，還傷了您的心。」

廣海也一臉震驚地僵在原地。

深月被甩了一巴掌，臉頰還熱辣辣地刺痛著。

不過，深月心想，女子的心一定更痛。

那或許是自己一廂情願的共鳴，但是，深月自己也曾經被前男友用一樣的甜言蜜語作弄，所以沒辦法將女子的憤怒置身事外。

「就算道歉，您也不會原諒……我能理解您的心情。」

「妳——少在那裡裝懂！」

怒火一度被澆熄的女子，又再度引燃憤怒之火。

「妳只是假裝同情我而已吧？廣海先生隨便回答我，妳也想用幾句話就收拾這個殘局對吧？我絕對不會原諒你們！」

「請、請您冷靜，絕對沒有這樣的事。」

女子試圖抓住深月。

廣海擋在前面，試圖阻止對方。

「深月前輩，危險——」

眼看三個人就要亂成一團的時候——

「好了，就到這裡吧！」

噠一聲，女子停住不動。

怒意已消的眼神，像是被睡魔侵襲似地雙眼矇矓。

深月和廣海看著女子的背後。

是桐谷。

像廣海闖進公寓時那樣，桐谷也用魔法進入公司裡。接著，他似乎在女子身上施了魔法。

然後用嘴型向廣海示意：「快道歉、快道歉。」

「啊——這次真的非常抱歉！」

廣海當場往下一跪，頭靠在地板上，整個人下跪道歉。

按照剛才這位女顧客怒髮衝冠的樣子，廣海的頭早就被高跟鞋踩著了。不過，桐谷施展魔法之後，並沒有發生這樣的事。

「啊——好了，已經無所謂了……以後請你多注意一點……」

朦朦朧朧這樣說完，女顧客就走出會議室了。

看著始料未及的光景，深月愣了愣。

原本以為還有可能會更慘的說……

「……那個，她沒事吧？」

擔心被施了魔法的女子，深月這樣問桐谷。

「嗯，我只是讓她瞬間爆發的怒意散去而已……她現在應該覺得舒服多了，這就像醒酒的魔法一樣。」

「原來是那個啊！」聽到桐谷的解釋，深月想起來了。

桐谷對深月施展過好幾次醒酒的魔法。

因為酒精而頭暈眼花的時候，只要施展這個魔法，就會像排除多餘的酒精似地變得清爽許多，不過同時也會舒服得讓人輕飄飄的。自己通常都會就這樣睡著，所以從來沒有注意過那會呈現什麼樣的狀態。

「那、那個，我沒有做什麼可怕的事喔！因為我沒辦法改變她的個性或者徹底改變她的心情。就算可以，我也不會這麼做的！」

桐谷好像覺得自己讓深月感到不安，突然變得很焦急。

「嗯，我知道桐谷不會做可怕的事。」

「太好了……我還想說如果讓妳覺得害怕怎麼辦……」

「現在才想到，未免也太慢了吧。」

深月露出苦笑，桐谷終於放心似地鬆了一口氣。

如果什麼都不知道，只是看見今天發生的事，的確有可能會覺得害怕。不過，深月已經非常信任桐谷和他使用的魔法，所以即便擔心走出會議室的女子，也不認為他的魔法會造成危險。

「……如果這個世界上的人都像深月小姐這樣，那我們不需要隱藏身為魔法師的事實也沒關係了。」

「是、是這樣嗎？」

「沒錯。」深月還沒意會過來，但桐谷已經直接斷言。

「如果發現有這種人可以使喚，就會有人去煽動不必要的恐慌，也有可能會有人濫用這種能力……所以我們必須隱藏身分。」

桐谷說了這樣的話，深月覺得他看起來有點淒涼。

魔法師基本上是善良的存在，但利用他們的人卻不見得善良。不透露魔法師的身分，一方面是為周遭的人著想，同時也是在保護自己。

正當深月這麼想的時候，從跪姿解放的廣海衝了過來。

「深月前輩，妳沒事吧？那個，很抱歉……沒想到她竟然會對前輩出手。」

「我沒事。畢竟受傷的是顧客……你也不好受吧？」

「呃……那個……我……」

「廣海，你不是說想讓顧客開心嗎？」

聽到深月這樣說，廣海咬了咬嘴唇。

廣海令人頭疼的行為，深月稍微有點可以理解了。

他基本上就是想逗人開心。

無論是身為魔法師還是一介人類，他的確是非常笨拙，也不知道分寸，所以有時會傷到人或者其他東西。

……但是，他的本質並不壞。

「不過，我覺得還是有一些『特別的話』不能隨便說。」

深月循循善誘似地用平穩的口氣這麼說。

「就算說的人並不覺得特別，聽的人也會覺得很期待……這種話或許會讓對方高興、覺得幸福。」

譬如我喜歡你、我愛你。

我們結婚吧、我會讓你幸福。

「但是，如果語言沒有伴隨真心——無論多開心、多幸福都只是謊言……甚至還會傷害對方，導致對方不幸。說話的人也有可能因此被憎恨……最後只會互相傷害而已。」

深月心裡仍然留有九年前的傷痕，有時還會隱隱作痛。最近經常忘了這個傷痛，應該是因為身邊出現了真的會用特別的話來撫平傷痕的人吧。

「所以廣海你啊，只能對特別的人說特別的話喔。」

「好……我知道了……」

「那個，這次雖然失敗了……但是我仍然覺得你積極的個性很棒喔。」

沮喪得垂下頭的廣海，聽到這句話馬上抬起頭。

看著他戰戰兢兢的眼神，深月露出微笑。

「畢竟你有勇氣自己行動啊。要行動就不能什麼都不做，必須做點什麼才行……我不擅長主動，所以還得向你學習呢。」

深月自知到了這把年紀還是很被動，像前男友和廣海那樣積極的個性雖然很麻煩，但還是讓人有點羨慕。無論是要作選擇還是掌握機會，都需要積極的個性，所以——

「如果你能好好發揮這個長處，無論公領域還是私領域，應該都能派上用場。我覺得廣海你應該是能做到的，畢竟我也親眼看到你能巧妙掌握魔法，那就表示你一定也能讓每個人都展露笑容。」

「深月前輩……」

「……不過，還是不能在公司跟人搭訕喔。」

「我……我知道了！」

廣海用力點頭，彷彿已經聽懂深月說的話了。

「廣海，剛才那個人還在附近，你去跟上她。」

桐谷突然這樣指示。

一瞬間，廣海恍然大悟似地離開深月身邊。

「呃……啊，我知道了！我馬上去——那個，深月前輩。」

「嗯，怎麼了？」

「我最想看到的笑容，就是深月前輩的笑……妳要好好期待喔！」

這樣說完，廣海就急忙衝出會議室。

留在原地的深月，看著他離去的大門，睜大眼睛眨了眨。

……剛才這是在宣告「我會努力工作」嗎？

是說，他離開的時候，不知道為什麼臉頰好像有點紅……

「……我是不是對廣海太兇了？還是他感冒了？他沒事吧……」

「不用擔心那個傢伙，真的不用擔心。比起他，更重要的是深月小姐。」

「呀！」

臉頰被桐谷的手掌包覆，深月不禁喊了一聲。

因為事出突然，深月縮了縮身子，而桐谷的大拇指輕柔地撫摸深月的臉頰，像是捧著易碎物品一樣。

近距離看著深月的眼睛，仍然像星空一樣深邃，感覺會被吸進去。

「怎、怎麼了？」

「臉頰都紅了。」

桐谷邊說邊輕撫深月的臉頰。

剛剛熱辣辣的臉頰，突然感覺冰涼舒適。

看樣子他是施了抑制紅腫的魔法，不過，桐谷從正面凝視自己，深月總覺得很奇怪，沒辦法冷靜下來。明明人在公司，卻心跳加速。

「真是的，深月小姐實在太亂來了。」

「啊——因為廣海會被打啊，所以我就……」

「那傢伙被打也是活該。」

桐谷毫不留情地這樣說，深月不禁苦笑。

接著，桐谷停下手上的動作，一臉認真地說：

「……我來晚了，真的很抱歉。」

「沒關係啦！是我沒想到這麼快就要跟對方道歉……你聽到小讓傳話，馬上就跑來了對吧？」

「咦？妳怎麼……」

「因為你額頭上還有點汗水呢。」

深月看著桐谷瀏海的縫隙這樣說。

他平常完全不流汗，這種情形很稀奇。由此可知，他真的很急著趕來。

深月拿出手帕，從瀏海下方輕輕按住額頭。

「謝謝你來救我。」

「……深月小姐，妳真的完全不知道自己是魔法師殺手呢。」

桐谷脫口說出這句話。

深月沒有聽清楚，愣了一下。

「呃，魔法師會討厭我的意思嗎？難道我做了什麼過分的事，會被魔法師討厭嗎？如果是那樣的話，對不起……啊，該不會是我這次拜託你來幫忙，其實你很不願意……」

「就是這樣才說妳是殺手啊。」

桐谷一臉苦笑，深月歪著頭，聽不懂這句話的意思。

就是這樣？……這樣是哪樣？

「好了，深月小姐已經可以回去工作了吧？」

桐谷把手從深月的臉頰上移開。

感覺到他的手指似乎捨不得移開，深月害羞地點點頭。

「我也要回去準備晚餐了，不過下班的時候我會來接妳。」

「咦？接我？為什麼……今天沒有要聚餐啊？」

「我有我的顧慮。」

那我就先走了。桐谷說完就從會議室的大門走了出去。

雖然想不到桐谷的「顧慮」是什麼，但深月也跟著離開會議室。接著，向部長報告賠罪的事情之後，又回到日常的工作。

◆◆◆

賠罪事件的隔天早晨，到公司上班的深月目瞪口呆。

平常總是壓線遲到的廣海，罕見地提早到公司。

「早安，廣海……今天怎麼這麼早？」

「啊，早安，深月前輩！哎呀——我想說要洗心革面，好好加油啊！」

早上說了這樣的話之後，他一反常態開始認真工作。

真努力耶——深月在旁邊看著也覺得很高興。

早上的工作時間快結束時，部門內的電話響起。

廣海迅速接起電話，詢問對方的需求——但不知道為什麼，他一直對著電話低頭鞠躬。

他放下話筒之後，一臉緊張地告訴深月：「我把外線電話轉過去喔！」看樣子電話那一頭應該是昨天那位女子。

深月接起桌機。

『那個，昨天對您暴力相向，真的非常抱歉……您的臉還好嗎？』

電話裡的女子和昨天不同，說話的聲音很平穩。

深月聽到她的聲音覺得很放心，點點頭說：「是，我沒事。」

「是我昨天說話不懂分寸，真的很抱歉。我說能了解您的心情，但其實真正的痛只有當事人才能理解……」

『不，我之後冷靜回想高山小姐的話……我覺得高山小姐是真的懂我的心情，所以，我也決定原諒廣海先生了。』

「真的嗎？非常感謝您！」

『那個……我真的覺得很抱歉……這次的事情，能不能不要鬧上警局？我會負責您的醫藥費的。』

「不，不用了。是我衝上去才撞到您，也不是什麼大不了的事情，不需要醫藥費……不過……」

『不過？』

「如果可以的話，請讓我幫您找對象好嗎？」

要讓廣海負責媒合，應該還很困難。
不過，深月很想要幫她挽回這次損失的寶貴時間。
雖然一方面也是不希望會員數因此減少，但另一方面更是希望能夠幫助像自己一樣受過傷的這位女子找到幸福。
『我知道了。那之後就麻煩您了。』
女顧客雖然覺得很驚訝，但也接受了深月的提議。
……掛斷電話之後，廣海已經站在一旁。
深月一和他對上眼，他馬上就低頭鞠躬。
「深月前輩，謝謝妳！我還不夠成熟……但是，我會努力成為前輩的力量，我會為了深月前輩努力的！」
廣海用對桐谷的晶亮眼神看著深月這樣宣言。
深月雖然覺得不好意思又很開心，但還是出言糾正。
「你不需要為了我努力，只要努力讓自己幸福就好。」
「我的幸福就是……深月前輩的幸福……」
「咦？你說什麼？」
「啊，沒有，我沒說什麼！我去吃飯了~」
廣海迅速離開現場。

剛好碰到中午休息時間，深月目送往外走的新人，用力伸了一個懶腰。

廣海分配到這個部門時，她一直擔心不知道會發生什麼事，女顧客的事件也讓人捏了一把冷汗。不過，最後能夠有個好結局，讓深月安心不少。

如深月所期盼，從那天之後，廣海洗心革面努力工作。

他以社會人士的樣貌，逐漸成長。

心中對深月朦朧的感情也同時滋長……

第三章✦魔法師的初戀

結束四月底的長假來到五月。

連假前新年度的混亂逐漸平息，雖然對過去的假期還有留戀，但深月所屬的公司已經回歸日常的業務。

公司內部，突然一下子變得充滿活力。

那是因為深月的公司有一項特別的活動。

「啊——婚禮博覽會啊——」

當天下班後，緊跟著深月離開公司的廣海，看著入口處牆上的海報這樣喃喃自語。

海報是幾天前其他部門的人貼上的。

海報以婚禮會場為背景，上頭除了有身穿禮服、幸福微笑的女性之外，還有活動日期、宗旨以及當天的大致流程。

最顯眼的位置寫著「婚禮博覽會開跑」的字樣。

深月的公司主要經營婚姻媒合，集團在公司大樓附近也有經營婚宴會館，所以會支援那邊舉辦的活動。

其中最大型的活動就是六月在會館舉辦的婚禮博覽會。

話雖如此，這個活動歸婚禮企劃部管轄，所以對深月的婚顧部門不太會有影響。

不過，那也只是影響比較小而已，並不是完全沒有影響。

企劃部今天才剛聯絡說：「婚顧部門請把博覽會的消息告訴即將成婚的顧客，並且把顧客誘導至博覽會。」

「深月前輩對這種活動沒有興趣嗎？」

在海報前止步的廣海這樣問，深月不禁停下腳步。

「這種活動是指？」

「婚禮之類的。」

「呃……你問我有沒有興趣……多少是有一點，不過……」

「啊，果然還是有興趣呢。不過什麼？」

「不過我覺得沒有辦婚禮也沒關係。感覺很花錢，又很麻煩。」

「哇……這要是被企劃部的人聽到，一定會被罵的……但是，我能了解這種心情。」

「而且，桐谷不擅長應付這種場合不是嗎？」

「啊——妳說得沒錯——」深月說完之後，廣海苦笑著回答。

看樣子桐谷不喜歡出風頭的個性，從以前就沒有變過。

「不過，感覺桐谷前輩穿起來會很好看耶——西式禮服或和服都很適合。」

「對啊，他穿什麼都很好看。」

雖然桐谷平時幾乎都宅在家裡，但他外出時特別打扮的話，真的會讓人目不轉睛。年底時看過他穿西裝，讓深月看得入迷，所以她才會覺得無論是西式禮服、燕尾服還是日式禮服，他穿起來都會很好看。說不定，連女生的婚紗他都能駕馭。

「話說回來，今天我們樓上好像在開會討論博覽會，部長說模擬婚禮的男模特兒突然取消演出，現在還沒找到人，真是辛苦耶。」

「呃，距離博覽會只剩下三個星期了不是嗎？」

「就是說啊——如果我像桐谷前輩那樣帥到閃閃發亮，那我就可以擔任這種博覽會的模特兒了。」

「廣海你也很可愛啊！」

「在桐谷前輩面前，我是小巫見大巫吧？沒關係啦，我有自知之明。」

哼。廣海鼓著臉頰。

話雖如此，廣海也算是很俊俏的帥哥。「我很受歡迎喔！」如他的豪言壯語所述，公司裡每個部門的女員工都很疼愛廣海。如果是比外貌的話，在公司裡面他一定有前三名。

而且，最近廣海很有問題的性格也漸漸改善。

具體來說——

「不過，我本來就不是當模特兒的料，所以我會在其他地方多多努力。在介紹婚禮博覽會之前，要多媒合幾對能送進博覽會的新人才行。」

廣海說完之後便離開海報前，深月不禁露出微笑。

——最近的廣海，對工作很有熱情。

以前完全無法想像，但在之前的女顧客投訴事件後，他就大幅度轉變。

他說過要洗心革面，現在上班的態度的確變得很認真，與生俱來的積極個性也往好的方向發揮，非常賣力工作。這讓部長、人事部門都很有面子，而且廣海經常把「這都是託高山組長的福」這句話掛在嘴邊，所以讓深月的人事評價也變得更好了。

雖然覺得這都是他自己努力的成果，但深月還是有點開心，因為自己不擅長表達，所以平常工作也不太會得到讚揚。

「今天桐谷前輩也會來接妳嗎？」

「好像會，應該差不多要到了吧。」

「喔——很難得看到前輩遲到呢——平常的話，早就坐在長椅上等妳了。」

看著海報旁空蕩蕩的長椅，廣海狡猾地笑了笑。

一副等桐谷來就要用遲到這件事來挖苦他的樣子。

「竟然讓深月前輩等，真是太不可取了啊——」

「不不，他願意來接我我已經很感謝了，希望不是途中出了什麼意外才好。」

「如果魔法能夠控制到他那樣的程度，基本上不會有什麼意外。是說，最近桐谷前輩來接妳的次數是不是太頻繁了啊？」

「啊，好像是耶……以前沒有這種習慣的說……」

廣海這樣一說，深月想起以前的事情。

桐谷開始來接她下班，是在放長假之前……也就是廣海和女顧客那件事告一段落後的上個月下旬。

之前他說「盡量不想外出」，所以除了採買之外，幾乎不會離開家裡，甚至連太郎都勸他：「偶爾也要出門一下。」

然而，他最近幾乎每天都來接深月下班。

「說到以前不會做的事……我總覺得桐谷最近精神很緊繃。」

在聊一整天做了什麼事的時候，不知道為什麼桐谷有時候會突然悶悶不樂。

這是為什麼呢……深月怎麼想也想不明白，只覺得困惑。

聽到深月這麼說，廣海難為情地搬頭往旁邊看。

「……果然是在擔心我吧……」

「嗯——有可能……廣海對桐谷來說就是後輩嘛。無論怎麼說，他擔心你也很正常，大概是怕你又闖禍。」

「啊……不，那倒不是擔心這個——」

廣海正要說些什麼的時候——

「那個，不好意思。」

後方有人開口說話，深月和廣海順著聲音回頭看。

那裡站著一個超乎想像的大美女。

年紀看起來比深月大。

高高盤起的直髮和妝感很有東方味，整體看起來是輪廓分明的美女。

尤其是眼角細長、充滿活力的眼神令人印象深刻。

身材也是鶴立雞群。原本就瘦瘦高高的，再加上有高度的高跟鞋，讓她看起來比廣海更高了。她的腿也很長，穿褲裝非常好看。

（哇、哇，好漂亮……很帥氣，好像模特兒……）

「請問有沒有看到這張長椅上的大信封——大概這麼大？」

女子比手畫腳詢問不禁看得入迷的深月。

她在找一個可以放進雜誌大小的二號信封。

「不，我沒看見耶……」

「這樣啊……嗯——我以為會在這裡。」
「是遺失的東西嗎？」
深月這樣問，抱著手臂喃喃自語的美女點點頭說：「對啊。」
她的動作又讓深月看到入迷了。
「你們是這裡的員工對吧？」
「是，沒錯……」
「這樣啊……那個，在員工的面前實在……很難開口……」
美女一臉為難的樣子，猶豫了一下才開口：
「其實……我在找的是和貴公司開會用的文件。我在這裡搭上計程車，下車的時候發現手邊沒有文件，所以就搭同一台車回到這裡。我想，應該就是在這裡等計程車的時候掉在這裡的……」
「原來如此。」聽完美女說明之後，深月點點頭。
這的確很難對客戶的員工開口。
「如果您沒有繞到其他地方的話，可能是被收到警衛室了。請等一下，我去確認——」
「深月前輩，我去問問看！」
在深月行動之前，廣海說完就朝警衛室跑。

輕快的腳步完美體現廣海最近的勤快。

「謝謝，你們幫了我一個大忙呢。」

「不，不用客氣……那個，妳是婚禮博覽會的模特兒嗎？」

深月想到廣海剛才說的事情，所以這樣問。

女子點頭說：「嗯，對啊。」

「丟失的東西就是博覽會的會議文件……啊，我叫做吉峯晴香。妳也是博覽會的工作人員嗎？」

「不，我們部門和博覽會幾乎沒有什麼關係——」

就在這個時候，入口處的自動門打開，有人從外面走進來。

是來接深月回家的桐谷。

「對不起，深月小姐，我剛才在十字路口幫助老人家過馬路，所以比平常晚到。」

「沒關係，謝謝你來接我。」

「妳們還在聊嗎？打斷妳們很抱歉，我到外面等妳。」

「……充？」

女子凝神看著桐谷，脫口說出：「我是晴香。」

立刻轉過身來的桐谷「咦」了一聲。

「……妳該不會是晴香小姐？」

桐谷驚訝地皺著眉頭問。

此時，晴香露出笑容。

「果然是充啊！」

她衝向桐谷，然後就這樣獻上擁抱。

深月還不知道發生什麼事，看著眼前的光景目瞪口呆。

同時，腦海裡的某個角落有某個東西開始冒煙，有種記憶和資訊正要連結的感覺。

晴香小姐……小晴……好像在哪裡聽過這個名字……

（啊，對了。「小晴姐姐」就是……）

當下獲得的資訊，和今年正月時的記憶連上了。

……那是桐谷初戀情人的名字。

此時，廣海從警衛室拿著信封跑回來。

「深月前輩，信封果然在警衛室……咦？」

停下腳步的廣海呆呆地說。

然後，他看著晴香和被擁抱的桐谷，最後再看看深月，以一副不可思議的口吻接著問：

「那個……這是怎麼回事？」

深月好不容易回過神來對廣海說：「這我也不清楚……」

深月心想，我才想知道這是怎麼回事。

◆◆◆

……這到底是什麼情形？

深月一邊想一邊看著送來桌上的四杯咖啡。

這裡是公司附近的咖啡店。

四人座的圓桌，深月和晴香坐在正對面。

兩人之外還有桐谷和廣海，他們也面對面落座。離開公司大門口之後，才過了沒多久。

「哎呀，充，真的好久不見了。差不多有十五年了吧？」

晴香看著桐谷，瞇起眼睛。

提議來喝杯茶的人就是她。因為想和久別重逢的桐谷聊聊，所以來到附近的咖啡店。晴香也邀請深月和廣海，所以兩人才會一起出現。

「沒想到我叫住的人竟然就是充的未婚妻啊。你都已經長這麼大了。」

「晴香小姐沒什麼改變呢。」

「是嗎？我覺得我有隨年紀增長改變就是了。不過你真的是變了不少。」

「嗯，畢竟最後一次見面時，我還是小學生，如果沒變的話就太恐怖了。」

「說得也是，不可能永遠都是小孩子嘛。」

從桐谷和晴香平淡溫馨的對話中，可以看得出來兩人是舊識。

深月看著這一切，心情有點複雜。

晴香每次喊桐谷的名字「充」的時候，總覺得胸口附近一陣騷動。

再加上從剛才開始，附近就一直傳來竊竊私語的聲音，內容都在談論這一桌的絕世帥哥和美女。

「那兩個人很配呢～」

「帥哥美女應該是一對吧？」

這些話不用在意……雖然心裡這麼想，但深月還是很想摀住耳朵，因為就連自己都覺得眼前的兩個人的確很配。

他們和睦的對話，也助長了這種想法。

如果仔細聽，總覺得會呼吸困難，深月就像在逃避現實似地發著呆。平常一定會豎起耳朵聽桐谷以前的事，現在卻強烈地抗拒聽到內容。

（為什麼呢……我一點也不想從晴香小姐的口中聽到桐谷的過去……）

「那晴香小姐是深月小姐公司活動的關鍵人物囉？」

聽到自己的名字，深月才終於回過神來。

看樣子他們已經聊完舊事和近況，話題回到現在了。

「對啊，下個月的婚禮博覽會有模擬婚禮，我扮演新娘。我把會議資料忘在這裡，深月小姐他們幫我把東西找回來了。」

「妳還是這麼粗心大意呢。」

「你變得很毒舌耶……明明以前可愛得像天使一樣，不過你那張臉還是像以前一樣帥啊。」

無論是桐谷說的話還是晴香的回應，都能感覺到他們的感情深厚，這讓深月覺得呼吸困難。為了轉移注意力而喝了口咖啡，卻因為咖啡的苦澀而皺起眉頭。好討厭這樣的自己。

「不過啊──信封袋找是找到了……但是模擬婚禮的新郎還沒著落，不知道最後會怎麼樣。」

「啊──聽說男模特兒接二連三取消。」

聽到晴香嘆息，廣海接著這麼說：

「對啊，真傷腦筋……再不決定的話，負責人會很難準備，但是現在只能從零開始。如果能找到適合扮演新郎又長得帥的模特兒就好了，但我不認識這樣的人……」

「啊！」晴香像是想到什麼似地，喊了一聲。

「等一下等一下，這裡不就有了嗎？適合的人選！」

「喔，那真是太好了。」

「你怎麼一副事不關己的樣子？我說的就是你啊！」

被晴香點名，正拿起杯子喝了一口的桐谷被咖啡嗆到。

「咳咳……咦？我嗎？」

「對啊！你長大變成帥哥，比那些模特兒看起來更有氣勢。嗯，不錯，我覺得可以。」

「不不，這樣對模特兒太失禮了。」

「你在說什麼啊！而且，你以前不是說過想跟我結婚嗎？」

「呃，不是吧？我說過這種話？」

「說過說過，用天使般的表情，眼睛閃亮亮地說過。」

「我已經不是天使了，就算說過也有時效吧——那個，晴香小姐，妳有在聽嗎？」

「對了，深月小姐也同意吧？我想這對深月小姐的公司也有幫助。」

晴香非常積極，用充滿期待的眼神望著深月。

「咦？」突然問到自己，深月不知該如何是好。

「啊——嗯，對啊，如果桐谷同意的話……」

對方都搬出公司來了，實在沒辦法拒絕……不過，深月心想如果交給桐谷判斷，他一定會拒絕的，因為他不喜歡在人前出風頭也不喜歡受矚目，他應該不會答應模擬婚禮這種在眾目睽睽之下表演的工作。

「……我知道了。」

所以，當桐谷這樣回答的時候，深月的大腦瞬間一片混亂。好不容易找回差點忘記的呼吸，她這才望向桐谷。

「畢竟這是深月小姐公司的工作，我接受。」

「真的嗎？太好了，這下有救了！深月小姐，也謝謝妳！」

「不、不客氣……」

「那我馬上就跟負責人聯絡！」

晴香歡天喜地地開始操作手機。這間咖啡店可以講電話，所以她應該是直接在店裡打電話給負責人。

看著她的樣子，深月站起身。

她彷彿在逃避桐谷的視線似地前往洗手間，進到廁所裡之後，背靠著門板，愣愣地往上看。

過了一陣子，腦袋變得比較鎮定之後，深月才走出洗手間。

廣海就等在門口。

深月以為他也要去洗手間，所以在狹窄的通道上讓路，但他不知道為什麼卻和深月朝同一個方向移動。

咦？深月疑惑地看向廣海時，發現他也看著自己，看樣子是有事要說。

「廣海，怎麼了？」

「深月前輩，那樣真的好嗎？」

深月一問，廣海就這樣回答。

他一臉擔心地看著深月的表情，讓深月不禁垂下眼簾。

「呃……那樣是指什麼事？」

「模擬婚禮啊！讓桐谷前輩演新郎真的好嗎？」

「嗯，我，我覺得可以啊，這樣對晴香小姐和公司都有幫助……而且，桐谷也同意了。」

深月笑著這樣回答。

不過，從自己的嘴裡說出這種找藉口的話，心底深處就像被針刺一樣傳來陣陣疼痛。

「可是，深月前輩不是說過了嗎？並不是對婚禮之類的事情沒興趣，可是，桐谷前輩竟然要和其他穿著婚紗的女性站在一起。」

「這……這種事我根本不會在意！」

深月頂嘴似地反駁。

音量出乎意料地大，焦急的廣海伸手去遮住深月的嘴巴，「前輩，小聲一點。」那一瞬間，嚇到縮起身子的深月失去平衡——廣海拉起她的手臂，接住她往下倒的身體。雖然有點僵硬，但深月急忙拉開距離。

「對、對不起！」

「不，沒關係……是我要說對不起，問了這麼奇怪的問題。我們回去吧。」

廣海有所顧慮地離開現場，深月也跟著回到座位。

座位上，講完電話的晴香和桐谷繼續談笑。

桐谷雖然面帶微笑，但看起來有點心不在焉。深月和廣海回來之後，他的微笑逐漸被不安沖散。

「……我們差不多該回家了。」

在深月回到座位之前，桐谷這樣提議。

聽到這句話，晴香眨了眨眼睛說：「啊，你們兩個都要回去啦？」

「我還想說要感謝你接下這個工作，請大家吃頓晚餐呢。」

「不好意思，我已經準備好晚飯了。」

「哎呀，這樣啊。那廣海先生呢？你要跟我一起去吃飯嗎？」

「咦？」聽到晴香的邀請，廣海一陣慌忙。

看樣子他是沒想到會變成這樣。

「不、不用了——我幾乎和這件事沒有關係，妳不用客氣——」

「嗯——那就以後再答謝你們，今天就先解散吧！充，我剛才也說過，明天要開會，到時候就麻煩你了。啊，這裡我來買單。」

說完之後，晴香拿起帳單走向櫃台。

結完帳之後，她揮揮手，英姿颯爽地像一陣風一樣離開了。

「那我們也回家吧。」

「嗯，好。廣海，我們明天見。」

已經起身的桐谷說要回家，深月便向廣海道別。

轉身追上走在前面的桐谷時，廣海叫住深月，「那個，深月前輩……」

「如果妳不嫌棄的話，隨時都可以來找我聊聊。」

「……嗯，謝謝你。」

深月對廣海笑了笑，然後離開咖啡店。

離開咖啡店後，兩人一起走了一段路……桐谷突然停下腳步。

「那個……剛才和廣海發生什麼事了嗎？」

回頭這樣說的他，表情看起來有點不安。

「剛才？」

「在洗手間的時候。」

「沒、沒什麼啊……」

「真的嗎？總覺得……不，對不起，我不該問這個怪問題……」
桐谷道歉之後，再度邁開步伐。
深月並肩走在一旁，覺得有點心虛。
……一不小心就說謊了。
如此一來就很難開口說，剛才是因為廣海遮住自己的嘴，一時失去平衡所以被他接住。就這樣錯過開口的機會，兩人一陣沉默。
持續的沉默好可怕。
「能……能再和晴香小姐重逢真是太好了呢。」
想盡辦法找話題的深月擠出這句話，桐谷回頭眨了眨眼睛。
「咦？啊，對啊……總之她還活著，真是太好了。」
「不過，要參加模擬婚禮啊……」
「那個，深月小姐妳——」
「我會支持你的，加油喔。我很期待桐谷扮演新郎。」
明明就不是出自真心，但深月不知道為什麼還是這麼說了。
露出笑容之後，被搶話的桐谷似乎有點為難的樣子。
「這樣啊……我會加油的。」
這是最近這兩個人少見的尷尬對話。

此時的深月已經沒有餘裕思考其他事情，卻沒有料到現在的拖延會引來更嚴重的後果。

◆◆◆

答應演出新郎的桐谷，隔天到深月的公司開會。

話雖如此，深月也只是稍微聽桐谷提起而已。

離開公司時廣海很擔心深月，從咖啡店回家之後，和桐谷之間仍然很尷尬，連太郎都擔心地問：「你們發生什麼事了？」

就說了，今天的事情我並不知道詳情啊。

話雖如此，並不是桐谷在逃避對話。

……逃避的人反而是深月。

昨天桐谷都說：「機會難得，那我就在公司等到妳下班吧！」但深月卻冷淡地拒絕了。而且還接著說：「你不用來接我了。」平常都會開開心心接受他的好意，但現在不知道為什麼沒辦法率直地接受。

下班要離開公司的時候，突然下起雨。

沾到肌膚的雨水很涼，氣溫也有點偏低。

（明明最近一直都是舒適的晴天啊……）

撿回桐谷的那天晚上也下著雨，所以深月並不討厭雨天。然而，今天不知為何覺得很沉重。

深月告訴自己，即便如此，還是得回家才行。

當她把手伸進包包，打算拿出摺疊傘時——

「不會吧……忘記帶了……」

因為最近都是晴天，所以一時粗心大意。

深月獨自在靜靜降落的冰冷雨水面前不知所措。

早知道就讓桐谷在公司等了。雖然是自己主動拒絕的，但深月此時覺得很後悔。或許就是平時太依賴他，所以現在受到懲罰了。

深月打算回到大樓裡，借公司的備用傘。

就在這個時候，一把大傘在頭上打開。

「深月前輩，請用這把傘吧！」

廣海這樣說，然後把傘推到深月手裡。

「咦？不用啦，這樣你會淋濕的。」

「我有備用傘，所以沒關係。那我回去加班了！」

廣海說完就英姿颯爽地回到公司。

深月看著手中的雨傘。這是後輩特地拿來的，難得他有這個心，深月決定借用這把傘回家。

途中，深月巧遇桐谷。

「咦？桐谷，你怎麼來了？」

「因為深月小姐好像忘了帶傘。抱歉，我來晚了。」

「沒關係，雨才剛開始下，你來我就很高興了。」

「哪裡……那個，這把傘是廣海的嗎？」

看著深月手上的傘，桐谷斜眼瞪了一下。

「啊，對，你怎麼會知道？」

「因為聞到那傢伙魔力的味道……原來這樣啊。」

說完桐谷就轉身往前走。

深月急忙追上看起來似乎不太高興的他。

「那個……桐谷，你在生氣嗎？」

「不，沒有。我只是在想，或許真的不需要我來接妳。」

「你怎麼這樣說？」

「今天早上是深月小姐說不用等妳、不用來接妳。」

「那是因為我怕給你添麻煩……」

「我已經說沒關係我願意等，如果要我下班再來接妳也可以。」

「可、可是，我想說你可能工作結束後還要和晴香小姐去吃個飯什麼的，之前晴香小姐說想要回禮不是嗎？」

深月差點停下腳步。

「深月小姐下班之後會和廣海去吃飯嗎？」

……怎麼回事，牛頭不對馬嘴啊？

話好像有說跟沒說一樣，讓人覺得很不安。

為什麼這個時候會提到廣海呢？是因為自己先提到晴香嗎？

「……有可能會去吧。」

廣海也是公司的同事嘛。就像桐谷可能會和晴香去吃飯一樣，自己的確可能和廣海一起吃飯。所以深月也如實回答，而且還覺得自己回答得很冷靜。

不過，桐谷似乎不這麼覺得。

「……對不起，我先回去了。」

一說完，桐谷就開始奔跑。

本來想追上他，但是十字路口剛好轉成紅燈，所以沒能追上。

「他跑走了……」

深月獨自在原地站了一會兒。

就算轉成綠燈，腳步也沉重得踏不出去。

直到渾身濕透的小讓來到腳邊，深月才終於邁開腳步。

「喔！妳怎麼在這裡？怎麼了嗎？」

小讓抖了抖身體，雨水都往外飛散。

「小讓怎麼在這裡？」

「那當然是因為深月在這裡啊～」

「是說，你沒事吧？渾身都濕透了。」

「哎呀，我是野鳥，這點小雨沒問題啦。而且濕透才好，可以順便洗澡！不過這場雨還真是有點冷。」

深月一邊對話一邊過馬路。

因為小讓邊跳邊跟在後面，所以索性讓他進到雨傘裡。雖然現在已經被周遭的行人當成怪人，但肩膀上站一隻烏鴉更顯眼，所以還是讓他跟著走就好。

「是說，桐谷是怎麼回事？這種雨天竟然留下深月一個人回家，那傢伙還真是冷淡耶。」

「啊，你看到剛才的……」

「沒有，我只看到桐谷跑走而已，所以才想說來問妳，到底是怎麼回事。」

「這不是應該按照順序，先去問你的好友桐谷嗎？」

「這個嘛，那傢伙覺得告訴我就等於告訴全世界，所以都不跟我說私事。所以，剛才到底怎麼了？」

「你都這麼說了，還覺得我會告訴你嗎？」

「啊……說溜嘴了……哎、哎呦，那就等妳想說再告訴我好了！」

那我走啦！小讓啼叫了一聲，腿一蹬就飛到下著雨的天空裡。

彷彿他知道，深月已經恢復活力，能夠獨自回家似的。這表示小讓非常敏銳，他一定是在擔心自己吧。

深月依靠從小讓那裡獲得的活力，終於抵達公寓。

桐谷不知道在不在家。打開玄關門之後，映入眼簾的是太郎。

「……他這是怎麼了？」

一看到深月，太郎就看著桐谷的房間這樣問。

「桐谷待在自己的房間裡嗎？」

「他一回來就默默把晚餐準備好，然後什麼都不說地把自己關在房間裡。啊，所以還是有晚餐可以吃喔。」

「是喔……真是太感謝了……」

「到底是怎麼回事？你們該不會是吵架了吧？」

「這算是……吵架嗎？我也不知道。」

餐桌上有桐谷準備的晚餐。

還留有一張寫著「請慢用」的字條。

「雖然我不知道發生什麼事，但桐谷的個性跟貓一樣難搞，最好趕快解決喔！」

「要我趕快解決我也沒辦法啊……」

聽到太郎的建議，深月手足無措。

不知道為什麼會變成這樣，當然也就不知道該怎麼辦。

「太郎，如果是你的話，這種時候會怎麼辦？不知道對方為什麼不高興，但是又想和好。」

「抱著被咬的決心按著對方的頭，連續舔額頭兩個小時。」

「呃……抱歉，人類沒辦法這樣。」

深月一邊和太郎聊天，一邊吃桐谷做好的晚餐。

……真的搞不懂。

而且，這種搞不懂的感覺，讓人覺得很不安。

深月搞不懂桐谷生氣的原因、自己悶悶不樂的原因，還有這到底算不算是吵架、之後要怎麼和好？

回想了以前和前男友之間有沒有發生過相同的情況，不過當時都有「劈腿」之類的明確原因，所以也沒有吵架，只是感情變淡就分手了。看樣子沒辦法拿來當作參考。

（這樣不行啊……都已經要三十歲了……還是不知道這種時候該怎麼辦才好……）

在浴室呆呆地想了很多，但都無法解決問題。

所以深月決定放棄去睡覺。

好好睡十個小時，身體變得清爽之後，或許頭腦就會自動整理，找出原因和解決方法了。深月抱著祈禱睡一覺就能解決問題的心情鑽進被窩。

在黑暗中閉上眼睛之後，外面傳來雨滴打在地面上的聲音。

早上起床的時候，說不定雨已經停了……深月邊想邊進入夢鄉。

不過，到了早上，深月的煩惱還是沒有解決。

雨仍然繼續下。天氣預報指出，受氣壓位置的影響，這幾天都會像這樣陰雨綿綿。

（天氣沒辦法改變……但是桐谷的事難道沒有轉機嗎……）

深月這天早上沒有和桐谷見到面就在充滿煩惱的狀態下出門了。

桐谷似乎是趁深月還在睡覺的時候準備好早餐，然後又再度把自己關在房間裡。

問太郎到底是怎麼回事，但太郎也只是冷淡地回答：「別管他。」

這種宛如家庭內分居的冷戰狀態非常可怕，而且竟然持續不止一天。

◆◆◆

一直沒見到桐谷的日子已經過了好幾天。

雨也一直下個不停。雖然以前並不怎麼討厭雨天，但現在差不多快要變得討厭了。

這天午休時，深月和明美、陽菜一起吃午餐。吃完午餐，冒雨回公司的時候——穿過出入口的自動門後，深月倒抽一口氣。

因為她發現正要搭乘電梯的桐谷。

接下來是要開會吧？晴香和看上去很像是博覽會負責人的男子也一起在電梯裡。

能夠感應魔力的桐谷，應該已經發現深月了。之前桐谷自己這樣說過，因為和深月締結契約，所以無論她在哪裡都能感受到。

然而，照理說應該已經發現深月的他，朝深月的方向看過去又別開視線。

那一瞬間，深月深受打擊。

就像心臟周邊凍結般寒冷。

「深月，剛才那是桐谷先生對吧？」

明美這樣問，深月只是含糊地說：「好像是……」

聽到這個回答，陽菜一臉難以認同的樣子。

「嗯？你們兩個怎麼了嗎？未免也太生疏了吧？」

「沒什麼啦，我有聽說他因為工作的關係會來公司，只是那邊的工作我不太清楚而已。」

「如果真的是這樣就好——」

「嗯，我們沒事啦。」

深月笑著回答。

看著深月的舉動，明美和陽菜對看了一眼。兩人不知道知道了些什麼，互相點了點頭。深月一臉不可思議地看著她們時——

「欸，妳們兩個，要不要久違地來喝一杯啊？」

明美這樣提議。

「好啊——久違地在外面熱熱鬧鬧地喝吧——」

陽菜也一副很想要喝一杯的樣子。

「今天或明天，怎麼樣？」明美問。

「我都可以喔——深月呢？」陽菜接著問。

面對兩人突然邀請，深月想了一下。

……現在和桐谷處於家庭內分居的狀態。

明天之前大概也不會有所改善，其實自己也很想解解悶。應該是說，只有一瞬間也好，自己好想忘掉現況。

「……嗯，沒問題，我也可以去。不過，還是明天好了，我先跟桐谷說一聲。」

深月這樣回答，明美和陽菜紛紛點頭說：「好啊！」、「ＯＫ——」

「那就明天囉……對了，深月妳那裡的新人也認識桐谷先生對吧？可以的話要不要找他一起？」

「呃，妳說廣海嗎？」

「好耶——我們部門都聽說他是帥哥，妳問問看嘛——」

「如果他能去的話就告訴我，我會先約好餐廳。」

這樣說完之後，明美和陽菜就各自回到自己的樓層工作。

深月對兩人的提議感到為難的同時，也獨自走回自己的辦公桌——剛好就在回辦公桌的途中，偶然遇到廣海。他和深月輪流，接下來是他的午餐時間。

「啊，廣海，剛好有事情要跟你說。」

「咦？我嗎？」

「那個，明天要不要一起喝一杯？」

「咦？咦？」深月這樣邀約，廣海一時慌了手腳。

接著他低聲偷偷問深月。

「那個……該不會是我們兩個單獨去喝吧？」

「當然不是，我的朋友好像想和廣海一起喝。如果你時間不方便的話，拒絕也沒關係。」
「啊，很方便很方便，如果是這樣的話我當然想參加！啊——嚇死我了……」
「……你這麼不想要和我單獨喝啊？」
看到廣海的反應，深月的心情很複雜。
我是這麼討人厭的前輩和上司嗎……？
深月有點沮喪的時候，廣海大力否認，「當然不是！」
「雖然我不討厭，但是……桐谷前輩很恐怖啊。我和深月前輩單獨喝酒的那一天，大概就算是我的半個忌日了吧。」
聽到桐谷的名字，深月的胸口就一陣刺痛。
視線不禁往下移。
「大概不會有這種事吧……」
「不不，妳在說什麼啊？一定會變成那樣啦！」
廣海誇張地在眼前用力揮手。
……有這麼可怕？深月一副懷疑的樣子。他就像在說秘密似地低聲說：
「在本人面前說有點不好意思，但桐谷前輩非常喜歡深月前輩喔。」
「咦？是……這樣嗎？」

「是啊！如果我要出手的話，就要作好赴死的心理準備——」

說到這裡，廣海突然就停住了。

他嘴巴一開一闔，像是要找話接下去似的。

「廣海……？」

「啊——就是這樣！所以，如果是和深月前輩的朋友一起就沒問題！一起喝、一起喝吧♪啊——好期待明天喔～」

廣海開朗地笑著，然後往外走去。

既然如此，深月馬上傳訊息告訴兩個朋友，廣海會參加聚餐的事。接著，在下午的工作結束，從公司回家的路上，明美就已經回傳預約好居酒屋的消息。

「喔，妳回來啦！」

一回到家，今天依然是太郎出來迎接深月。

「那個……桐谷呢……」

「一樣啊，把自己關在房間裡。」

「這樣啊……」聽到太郎這樣說，深月無力地點點頭。

桐谷這麼不願意見人，深月已經開始擔心他會不會身體出問題。不過，白天見過桐谷的太郎告訴深月「身體倒是不需要擔心」。果然是心情有問題啊。

即便如此，今天晚上他依然還是做好了晚餐。

考慮營養均衡和深月的喜好，他做的晚餐既溫暖又美味，一定是特意算好深月回家的時間點準備的。

不過，因為知道和桐谷一起吃更美味，所以深月覺得食之無味。雖然以前也曾經一個人孤單吃晚餐，但現在已經不想回到那個時候了。

（……桐谷不寂寞嗎？）

廣海說，桐谷非常喜歡深月。

桐谷去年年底的時候也很明確地說過：

『我很喜歡深月小姐。』

然而，現在的桐谷還是沒變嗎？深月沒有自信。

如果不喜歡的話，大概也不會像這樣為自己準備晚餐，但又不禁往壞處想，說不定是因為有魔法師的契約，所以有義務這麼做。甚至覺得，他現在或許有更喜歡的人了——譬如說，晴香之類的。

所以，每次經過他的房門口，都很猶豫要不要敲門。

他說不定不在房間裡，而是用魔法去到晴香身邊了……深月總是忍不住有這樣的負面想法。

……但是，也不能因為這樣就瞞著他去參加聚餐。

隔天早上，深月糾結到最後，還是敲了桐谷的房門。

「桐谷，你起床了嗎？」

緊張地等了一會兒，他都沒有回應。

早餐已經做好了，那表示他應該已經起床了才對。

深月抹除那些負面的想像，直接開口說：

「……那個，今天晚上有聚餐，明美和陽菜說要聚一聚……所以我會比較晚回家，晚餐就不用幫我準備了。」

那我出門了。深月說完就離開房門前。

確定房間裡沒有任何反應，她才走出玄關。

說不定桐谷正在睡回籠覺。深月在餐桌上留下紙條，也交代太郎傳話，就算他沒聽到也沒關係，這樣就不會對他造成困擾了。

不過，還是想當面告訴他啊。深月覺得有點寂寞。

在房門前說話的時候，深月還期待或許能夠若無其事地對話，回到以前和他相處的日常。

「……現在的狀況又不是這麼簡單就能解決……」

像是要說服微微刺痛的胸口似地，深月站在公寓前喃喃自語，然後拖著沉重的步伐前往公司。

◆◆◆

啪噠——聽到玄關處大門關上的聲音，桐谷在房門前嘆氣。

「啊……深月小姐走掉了……」

在一如深月想像的魔法師房間裡，桐谷四肢無力地垂下頭，同時「咚」的一聲把額頭撞在門板上。

「……好痛。」

桐谷不禁淚眼汪汪地哀號。

敲門聲一響，桐谷馬上就來到房門前。

深月對著房門說的話，桐谷一直都有在聽。

現在馬上就想衝出去，對自己這幾天自閉的行為道歉。冷靜地、直截了當地、沉著地對話……然後和深月重修舊好，晚上就像平常一樣，笑著迎接她回家。

明明這樣想……但是卻做不到。

「嗚……難得深月小姐主動來找我說話……」

頭壓著門板左右扭轉，桐谷對自己的沒出息感到悔恨。

發現自己完全不了解她的狀況和心情，一味地把自己的感受強加在她身上，桐谷覺得這一點令人害怕，他實在沒辦法打開房門。

明明只是聽到她喊自己的名字，就已經開心到不行。
「啊，好想見到深月小姐……可是不想被她看到自己這麼幼稚的樣子，也不想被討厭……啊——真是的……」
搖搖晃晃地離開房門口，桐谷不斷哀號。
一瞬間，背後堆疊的書本，沙沙地崩落。
桐谷撞倒書籍疊成的塔，在地板上散落的大量書籍面前，他手足無措地垂下肩膀。
「……我真的沒救了。」
乾脆就幼稚到底，什麼都不想就衝到深月面前好了。桐谷不禁有了這種無濟於事的想法。但是，如果被討厭的話……想到這裡又陷入混亂的思考。
……這樣的自己既幼稚又悲慘。
「我們得好好談一談才行……可是，要從哪裡開始談起才好……」
撿起書本，桐谷嘆了一口氣。
二十五歲又十個月的桐谷充，現在真的非常煩惱。
這幾天關在房間裡，只想著要如何和深月重修舊好，還有要做什麼晚餐給她吃而已。地上散落的書籍，就是實際使用的食譜。
深月似乎有好好吃下他苦思出來的手作料理，過著健康的飲食生活。針對這一點，桐谷也覺得安心。

……不過，除此之外就很令人擔心了。

尤其是深月和廣海的關係，實在令人不得不在意。

「啊——可惡，不要去想這種事！」

為了拋開思緒而大吼大叫的桐谷，用魔法讓掉在地上的書籍都飄起來。接著他一本一本按照順序把書放回書架空出來的地方，試圖讓心情也一起沉靜下來。

這次的事情，桐谷已經驗證過很多次。

事情的起因，來自桐谷發現廣海對深月有好感。

再加上最近深月的反應有點不自然，總覺得深月對自己有種隨便、冷淡的感覺……卻又坦率地接受廣海對她的好感。下雨那天也是，深月拒絕桐谷去接她下班，但卻用了廣海的傘。

（我這樣一定會被討厭吧……好像我心胸很狹窄似的……）

書架已經放不下書了，所以桐谷用魔法把書架變大了一點。

望向那個每天都會改變景色的窗戶，外面下著毛毛細雨，就像在表達桐谷的內心一樣。

「……我在這樣的雨中，把深月小姐一個人留在原地了。」

看著下雨的景色，桐谷又開始沮喪。

太差勁了。深月一定很受傷……因為覺得心虛，所以昨天在深月公司的電梯前，為了逃避她的視線而刻意別過頭。明明見到她很開心的啊……

「——這樣就完成了。」

桐谷用魔法把書本都放回書架。

這時候，桐谷再度發現深月提供的魔力並沒有中斷，不禁鬆了一口氣。

（太好了，看樣子還沒有被討厭……）

如果被深月討厭，就沒辦法像這樣獲得魔力了。

然而，即便如此，桐谷腦海裡還是產生了不好的妄想。

我的確沒有被討厭。

可是，如果她有更喜歡的人怎麼辦？

深月從來沒有說過「我喜歡你」，這讓桐谷更加不安。深月小姐更喜歡的人……

該不會是廣海……

「……還是來打掃吧。」

為了轉換心情，桐谷走出房間。

深月不在家的時候，桐谷每天都會像這樣出來完成打掃、洗衣等工作。最近做這些事情，還算是可以紓解鬱悶的心情，所以他勤快地打掃，讓家裡隨處都乾淨得亮晶晶。

好，今天要來打掃哪裡呢……桐谷邊想邊走向客廳。

「所以你到底要自閉到什麼時候？」

太郎以受不了的語氣這樣說。

他端坐在沙發的角落，像是早就在等桐谷出現似的。

「嗯……真傷腦筋，這個我也不知道……」

一臉抱歉的桐谷，邊說邊逃避太郎的視線。

「真是的……」看到桐谷的樣子，太郎搖了搖頭。

「深月看起來很寂寞，所以昨晚我也陪她一起睡了。」

「……好，決定今天的任務了。太郎，先從幫你洗澡開始。」

「等一下等一下！這還不都是你害的，不能因為這樣就把我抓去洗澡啦！」

桐谷舉起雙手，周遭充滿令人緊張的氛圍，太郎急忙跳到地上，然後迅速鑽到餐桌下，把自己藏起來。

太郎一邊窺探外面的動態，一邊對桐谷說：

「最近深月一直都很難過的樣子，如果不是我用貓咪療癒法，她一定撐不下去……都是你把自己關起來才會這樣。」

「呃……那還真是……抱歉……」

「這句話不要對我說，去跟深月道歉啦。我說啊，你們趕快說清楚，然後趕快恢復原來的生活。總不能一直這樣下去吧？」

面對太郎的指責，桐谷無法反駁。

自己也想和深月重修舊好，想要現在馬上就恢復快樂的日子，可是……

「……我不知道要怎麼說。第一次有這種感受，我沒辦法輕易放下。雖然有問題想問深月小姐，但是又不想因為自己說了一些奇怪的話，讓她覺得我是一個很沉重的人……總之，我就是不想被她討厭。」

桐谷完全不記得以前交往過的對象。

前女友的名字、長相、人數已經不是掩埋在記憶的墳場，而是在空虛的遠方分解了。桐谷和每一任前女友都沒有吵過像樣的架，因為不怎麼放在心上，所以也不會過度干涉對方，就在這種淡薄的關係之下分手。

所以，這是第一次碰到這種狀況，而且他也不知道該怎麼處理。

「啊……該怎麼說你才好？你這傢伙真的在這種莫名其妙的地方很笨拙耶。」

太郎露出一副「真拿你沒辦法」的樣子。

但是，貓尾巴倒是輕柔地拍了拍沙發，並沒有如他的表情和口吻那麼不愉快。

「不過，我早就知道，你會這樣是因為對深月很認真。」

「……欸，太郎先生，你知道深月小姐對我有什麼看法嗎？」

「去問她本人啦。我雖然知道，但深月自己可能不太清楚。」

「咦？是這樣……嗎？」

「對啊，她也是很笨拙的人啦……不過，有件事倒是可以告訴你。」

太郎縮起身體。

然後把椅子當成施力點，跳到餐桌上。

「不是，太郎，我不是說過很多次不能跳到餐桌上——」

「如果你是認真的，那就只能勇往直前了不是嗎？就算你怕被討厭也一樣。」

太郎伸出圓圓的貓手，放在餐桌上。

肉球下是一張紙條。

桐谷拿起紙條。

是深月留下來的。她的魔力就像餘香一樣，現在還能感覺得到。

「唉……深月小姐的魔力好溫暖啊。還留紙條給我，真的好有禮貌。」

「你就去接她吧。」

「聚餐回來她可要一個人走夜路喔，你也會擔心吧？」

太郎對憐愛地看著紙條的桐谷這樣說。

「那當然是會擔心啊……非常擔心。」

「那這就是好機會。去吧！然後順便和好。」

「順便……哪有這麼簡單……」

「很簡單啊，如果你相信深月對你的感情的話。」

「……我知道了。紙條上有寫聚餐的時間，我會去接深月小姐。」

聽到桐谷的回答，太郎似乎放心了，開始用前腳刷臉。

桐谷把放鬆下來的朋友移到地上，先從擦餐桌開始今天的打掃工作。

就這樣，太陽西沉，到了滿月升起的夜晚——

◆◆◆

「我是廣海夕人，二十二歲，上個月開始在深月前輩的手下工作！啊，我單身，請多多指教！」

大家一起乾杯、正式開始聚餐的時候，廣海這樣向大家打招呼。

坐在他身邊的深月看到他像平常那樣說話，只能露出苦笑。

對面是並肩而坐的明美和陽菜，各自單手拿著生啤酒和燒酒，聽到廣海的自我介紹之後哈哈大笑。

「是要指教你什麼啦！」

明美快速出擊。

不過，廣海才不會因為這樣就驚慌失措。

「當然是交往、結婚之類的啊。」

「太快了吧！現在才剛開始喝耶！」

「雖然已經聽過傳聞，不過廣海還真是個有趣的孩子呢——而且好輕浮喔——」

看到哈哈大笑的明美和露出微笑的陽菜如此反應，深月鬆了一口氣。

本來還擔心他們初次見面，不知道合不合得來，但是看樣子兩人和廣海很有話聊。

「哎呀——因為深月前輩說不能在公司搭訕女生，所以真的都沒有遇見對象的機會啊——」

「什麼——什麼意思，是我的錯嗎？」

深月這樣攻擊，廣海立刻斷言：「就是深月前輩的錯啊！」還嘟起嘴巴，一副鬧彆扭的樣子。

看到這一幕，明美和陽菜視線相對。

不知道為什麼，兩人用力點頭，還說什麼「原來如此啊！」、「真是辛苦你了——」深月卻不知道原因。她們兩個到底是懂了什麼？

「啊——那廣海你的優點是什麼？很有錢嗎？」

「竟然問新進員工有沒有錢啊——啊，如果是愛的話，我有很多喔♡」

「很多愛也太好笑了，這樣沒辦法讓人心動。好，下一個。」

「咦——那，我很擅長變魔術！我靠這一招就牢牢抓住部長的心！」

「你們部長不是大叔嗎——」

「哎呦，妳們就看著吧，我也會牢牢抓住兩位的心——妳看！」

深月來不及阻止。

廣海攤開手中縐巴巴的擦手巾，裡面出現一大朵繡球花。

「喔喔，也太厲害了吧……」

「哇——看不出來是怎麼辦到的——」

這不是魔術，而是魔法。看不出來也是理所當然。

不過，不知道世界上有魔法存在的明美和陽菜，只會覺得這是魔術。心已經被牢牢抓住的兩個人，眼睛盯著廣海的手邊看。

「等等，廣海，不是說不能這樣了嗎……」

慌張的深月拉著廣海襯衫的衣袖。

不過，廣海只是揚起嘴角笑了笑，一臉遊刃有餘的樣子。

「好了好了，深月前輩不要這麼嚴肅嘛。我已經很久沒有這樣玩，而且我知道『分寸』啦。這種時候懂得享受的人才是人生勝利組啊——我變！」

深月突然睜大眼睛。

用雙手把頭髮往上梳的廣海，變成金髮了。

「等等……咦？連頭髮都能變……？」

深月也知道魔法可以辦到很多事。

只是，不知道有魔法師可以在眾目睽睽之下做到這個程度。

「可以可以。要不要把深月前輩的髮色變成粉紅色之類的？」
「不用不用，千萬不要。粉紅色跟我不搭。」
「是說，你是怎麼辦到的啊？」
「也太強了吧？不愧是擅長的絕活耶——」
明美和陽菜在拒絕更換髮色的深月身邊一直稱讚廣海的「魔術」。
接著，廣海完全不聽深月控制，開始浮誇的魔術表演。
除了變出花朵以外，還變出足以堆積成山的手帕、發射差不多有十盒那麼多的撲克牌……其中也有些冒險的手法，但廣海的魔法幾乎都是適合華麗派對的魔術。
仔細看或許就會發現有問題，但隨著時間過去，酒越喝越多的明美和陽菜已經不再驚訝，而是專心享受表演了。啤酒裡塞滿毛豆的時候，明美還說：「這一杯就給你喝了！」然後塞給廣海。連這樣都很好笑。
看著胡言亂語的三人，深月也開始覺得好玩了。
回過神來才發現，自己已經和大家一起笑成一團。
「深月前輩終於笑了。」
四個人一起拍紀念照吧！廣海擅自自拍之後說了這句話。
他把頭髮往上梳，髮色就回到原本的樣子。
笑得累到肚子餓的明美和陽菜，正盯著菜單準備加點。

一回神才發現每個人都至少喝了五杯酒。深月手邊的日本酒酒壺也累積了三個，在那之前原本是在喝啤酒的。

「好久沒有這麼開心了……最近我有點難受呢。」

應該是因為這樣吧，不然也不會脫口說出平常只能放在心裡的話。

等到發現自己已經說出口的時候，廣海的表情變得非常認真。

「妳會難受，不是很正常嗎？」

「咦……你從哪裡看出來我很難受？」

「自己的未婚夫要參加模擬婚禮，就算那是工作，也會覺得傷心吧？我覺得深月前輩會失去活力，就是因為這件事。」

啊，原來如此。深月覺得好像是這樣沒錯。

同時，也發現自己盡量避免去想這件事。

「如果是我的話，可能會三天都不上班。」

「會、會這麼沮喪嗎……？」

「咦？深月前輩不就很沮喪嗎？」

被他這麼說，深月無法否認。

廣海說得沒錯。

雖然盡量不去想，但還是會沮喪。好難受。

「什麼什麼，你們在聊什麼？」

「如果不是秘密的話就告訴我們嘛——」

明美和陽菜加點完之後也加入話題。

我要說了喔！廣海用眼神向深月示意，然後就開始對兩人說明事情的始末。

「這次婚禮博覽會的模擬婚禮，由桐谷前輩扮演新郎，然後演新娘的模特兒，就是桐谷前輩的初戀情人。」

「不是吧！深月，這是真的嗎？」

「妳知道那是他的初戀情人嗎？」

「嗯……我知道。我知道，然後還同意了。」

深月這樣一說，明美和陽菜對看了一眼。

然後兩人一起盯著深月。

「……我對這種事不太在意，但是深月無所謂嗎？」

「對啊對啊，不會嫉妒嗎？」

被這麼一問，深月愣住了。

「嫉妒……嗎？」

深月不禁陷入沉思。

一旁的廣海脫口說出：「我不能接受。」

「如果完全不想辦婚禮也就罷了，但深月前輩不是吧？就算是『演戲』，和別人舉行婚禮，不是也會覺得不舒服嗎……」

「喔──廣海，看不出來你是這麼沉重的人啊──」

「不對不對，為什麼妳們會覺得我很輕浮啊？是說，陽菜小姐不會嫉妒嗎？」

「我不會啊──我反而覺得經常嫉妒別人很麻煩。」

「哇，真的假的。看不出來耶，好可怕……呃……那明美小姐呢？」

「我大概懂廣海的心情，不過，我就是因為不想嫉妒，所以埋頭做自己喜歡的事，最後就分手了啊！」

「什麼啊，好好笑喔。」

「的確是很好笑，但是不知道為什麼被你這樣一說，我就覺得火大……那深月呢？」

三人的對話讓深月陷入沉思。

「我……」

……應該會嫉妒。

和桐谷約會的時候，看到他被其他女性搭訕，就覺得不舒服。聽到桐谷初戀情人的事情，就很想知道桐谷是不是還念著那個人。自己也像普通人一樣，想獨占桐谷。

可是，桐谷和晴香重逢應該很開心。

畢竟桐谷見到以為不可能再見面的人，而且在深月所知的範圍內，晴香並沒有主動接觸桐谷。

桐谷和晴香的模擬婚禮，只是工作而已。

因為兩人之間沒有情愫，所以深月也沒什麼好多想的。應該沒有任何問題才對。

……但是，腦海裡的一隅出現漏洞。

大概是因為酒精容易讓人失去理性吧，理性抑制了深月不敢說出口的真心話。

她覺得自己有這種想法很幼稚。

如果說出口，就會被桐谷當成麻煩的人。

可是，儘管隱藏得很好，這種想法也不會因此消失。

桐谷和晴香重逢。

桐谷和晴香的模擬婚禮。

（……每件事情都好討厭。）

想到這裡，深月瞬間了解自己悶悶不樂的原因了。

「啊，原來如此……這就是嫉妒啊。」

深月脫口說出這句話，廣海一臉驚訝地眨了眨眼睛。

「咦？妳難道都沒發現嗎？」

「不是，我有發現。我有發現，但是……我當作不知道。」

事到如今，已經可以承認了。

自己的確嫉妒晴香。

人家又美又帥氣，和自己完全相反，而且還知道深月不清楚的桐谷的過往，可以親暱地叫出桐谷的名字，還是桐谷的初戀情人。

這樣的人出現在眼前，怎麼可能冷靜？

討厭有可能從自己身邊搶走桐谷的她，明明就很正常。

深月之前一直都在逃避自己的情緒。

「啊，畢竟面對自己這種情緒很疲倦啊。」

明美喝光玻璃杯裡剩下的啤酒。

一旁的陽菜用攪拌棒攪拌剛送上來的沙瓦，然後點頭說：「這種感覺我懂——」

「就算發現了，要轉化成行動也很麻煩啊——就像明知道糖漿都沉在杯底，覺得味道很淡還是喝下去，最後再來後悔，早知道就攪拌一下了——」

「咦？那是什麼比喻，完全搞不懂啊。」

「我也沒打算讓你懂，所以沒關係啦。廣海你就先喝沒有攪拌的沙瓦吧——那種上面一層味道很淡，但是到底的時候超甜的那種。」

「咦咦……？」陽菜點了一杯柚子蜂蜜沙瓦，廣海非常疑惑。那是糖漿黏稠度很高、很難攪拌的沙瓦。

不過，明美和陽菜似乎都能理解深月的笨拙。

「深月是想假裝自己很大度對吧？無論是對桐谷還是對自己真正的想法都一樣……所以才會在莫名其妙的時候說出真心話，而且真心話和表現出來的又不同，然後就這樣變得一團混亂。」

「畢竟深月前輩不太會說出自己心裡想的事情嘛。」

說完，廣海停了一拍，一口氣喝完手邊剩下的啤酒。

接著，他面對深月，直直看著深月的眼睛說：

「不過，我覺得還是說出來比較好喔。我就是因為聽了深月前輩的話，徹底了解前輩的心情，才會決定改變的。」

廣海一鼓作氣這樣告訴深月。

「喔喔，廣海說了很有道理的話耶。」

「原來如此──所以你才會這麼黏深月啊──」

「真是的──妳們兩個不要再開玩笑了，太不像話了吧～」

本來一陣沉重，瞬間就回到飲酒作樂的氣氛。

不過，廣海認真的心情，伴隨著他說的話，確實地傳達到深月心裡。

託他的福，深月終於知道自己該怎麼做了。

「……我得和桐谷好好談談才行。」

「心動不如馬上行動！」、「加油啊——」深月下定決心之後，明美和陽菜便馬上催她離開。深月站起來，從皮包裡拿出錢包，把萬元大鈔遞給廣海。

「不、不，深月前輩，各付各的不用這麼多啦。」

「沒關係，我心情好多了，而且突然要走，我也覺得抱歉……多的就當作幫大家出，今天謝謝你們了。」

說完，深月就離開居酒屋。

走到店外，廣海馬上從後面追上來。

「那個，我送妳回去吧！喝了酒走夜路很危險。」

「不用，沒關係，這樣還不算喝醉啦。」

「可是——」

此時，廣海看著深月的背後閉上嘴巴。

深月轉身回頭，不禁睜大雙眼。

桐谷就站在那裡。

「咦？桐谷？你怎麼在這裡？」

「我來接妳……應該是說還好有來。我們回家吧。」

「咦？啊，不過我本來就已經打算要回家了——」

桐谷抓住深月的手臂，往自己的方向拉。

用力握住深月的手，完全聽不進任何話，徑直邁開步伐向前走。

「——廣、廣海，謝謝你喔！」

在居酒屋被桐谷強行拉走這一幕，好像在哪裡也曾上演過。深月心裡這麼想，同時也回頭向廣海道別。

輕輕揮手目送兩人的廣海，表情僵硬地喃喃自語：

「希望桐谷前輩不要誤會才好……」

這句話並沒有傳到迅速消失在前方的兩人耳裡。

因此，他把關鍵時刻可能會派上用場的存證照片，傳到深月的手機。

◆◆◆

和之前強行把深月從居酒屋帶走的那個晚上不同，桐谷始終沒有說話。

不過，他也不打算鬆開深月的手。

途中，手機傳來震動，所以深月用空著的手確認內容。廣海傳來剛才拍的照片，但現在的氣氛也不太適合給桐谷看。

「喔喔，你們回來啦……」

一回到家，桐谷就完全無視太郎的招呼，把深月帶回自己的房間，並且關上房門。

魔法師的房間還是和之前來的時候一樣。

「妳和廣海兩個人單獨喝酒嗎？」

正當深月感到疑惑，不知道桐谷為什麼要帶自己來這裡的時候，桐谷突然開口問。

口吻雖然冷靜，但總覺得帶著怒意。深月急忙搖搖頭。

「不、不是的，明美和陽菜也在。」

「剛才妳的朋友明明都不在啊。」

「她們兩個都在店裡。」

「所以不是兩個人單獨喝酒？」

說完，桐谷靠近深月，然後抓住深月的肩膀。

「啊……」

事出突然，深月失去平衡，整個人跌坐在床上。

站在眼前的桐谷，一直盯著自己看。

行為雖然看起來像是在發怒，但他的眼神卻非常悲傷，就像害怕被拋棄的小孩一樣……

彷彿要隱藏眼神似地，桐谷閉上眼睛，雙手鬆開深月的肩膀。

「……妳可以證明嗎？」

「證、證明……？」

「證明你們不是單獨相處……不對，這種事應該沒辦法證明吧。」

「證明……啊，可以喔！我有證據！」

突然想起什麼的深月，馬上拿出手機。

點開剛才收到的照片，遞到桐谷眼前。

「你看，證據！我們不是兩個人單獨喝酒對吧！」

桐谷看著照片，瞪大眼睛定住不動。

有好幾秒眼睛連眨都不眨。

不久，原本陰沉的臉漸漸變得和緩。他跪坐在地，雙手放在膝蓋上，像個武士一樣深深低下頭。

「對不起……都是我想太多了，真的不知道該怎麼道歉才好……」

「不，沒關係，那個，你了解就好……」

「一點也不好……我太差勁了……」

「不會不會……那個，不要坐在地上說話，呃，坐這裡吧。」

雖然覺得自己勸桐谷坐在床上很奇怪，但深月還是拍拍自己旁邊的位置。

不知道是不是覺得自己沒有權利拒絕，桐谷乖乖地坐下。

接著，他深呼吸一口氣說：

「那個，深月小姐……我，很嫉妒那傢伙——我是說廣海。」

他嘆氣似地這樣坦承。

眼睛不知道要看哪裡只好望著屋內的深月，驚訝地看著桐谷。

他的耳朵很紅。

「呃，嫉妒？桐谷嗎？……嫉妒廣海？」

「妳為什麼露出『怎麼可能？』的表情啊……」

「不是啊，畢竟……你也會嫉妒嗎？」

「會啊，當然會啊！」

雖然聽到桐谷這樣說，深月還是覺得難以置信。

桐谷有必要嫉妒廣海嗎？怎麼想都想不通。

「因為你討厭廣海嗎？還是因為他一直學你？」

「這也是原因之一……不過，主要是因為深月小姐對這種人很心軟。」

垂下眼簾的桐谷一副鬧彆扭的樣子說。

是嗎？深月正在重新思考自己的偏好時，桐谷苦著臉解釋：

「深月小姐不是說過前男友的事情嗎……所以我覺得前男友應該就是像廣海那樣的人。」

「啊，嗯，我也覺得很像。不過，我也說過，受夠這種男人了吧？」

「嗯，妳的確說過……可是，我還是覺得很不放心，怕妳又像以前一樣被吸引。」

桐谷說出的真心話讓深月愣住了。

這就好像……就好像……

「而且，最近深月小姐開口閉口都是廣海。」

「……咦？有嗎？我怎麼不記得。」

深月完全想不起來有這回事，覺得很疑惑，桐谷則是瞇起眼睛用一副「我沒有騙妳」的樣子說：

「下班回來的時候、吃飯的時候、餐後喝咖啡的時候，我原本以為妳會聊工作的事，結果馬上就會提到廣海……聽得我好難受……」

「啊，該不會是……」

深月終於想通了。

桐谷最近如此精神緊繃的原因。在聊一整天的生活時，總是面帶微笑的桐谷總是在某個瞬間突然悶悶不樂。

那都是在提到廣海的時候。

「……對不起，我完全沒有意識到這件事。」

「就是因為妳沒意識到，我才會更嫉妒，總覺得深月小姐心裡都是那個傢伙。」
「廣海只是我的屬下啊，話題也都是和工作有關吧？」
「我心裡也知道，可是……就算這樣……」
桐谷沒有把話說完。
好像在猶豫要不要說下去。
「就算這樣……？」
深月繼續追問，桐谷便輕輕把自己的手掌按在深月的手上。
接著，像是在確認深月會不會拒絕自己似地，緩緩十指交纏。深月雖然嚇了一跳，但還是接受他的舉動。
「……就算這樣我還是很害怕，怕深月小姐被搶走。」
桐谷握著深月的手繼續說：
「一想到深月小姐會離開我，就覺得很黑暗……我希望深月小姐把我放在第一順位，卻完全沒有顧慮妳的心情，只想著自己……真的，完全沒有餘裕想別的事情，對不起……」
桐谷顯得很沮喪。
他輕柔地撫摸深月的手背。
彷彿在為剛才用力緊握道歉。

「剛才我還懷疑深月小姐和廣海兩個人單獨喝酒。我不想讓妳看到我這個樣子，所以才把自己關在房間裡的……」

「你該不會因為這樣一直躲著我吧？你不是很擔心我嗎？」

「我不想讓妳看到我這麼幼稚的樣子……是說把自己關在房間裡已經很幼稚了……」

「這樣啊……不過，今天早上敲門的時候，我很希望你能說說話。」

「我不想讓妳在上班前，面對這種麻煩事啊！我自己也知道，我很難搞。」

深月一臉意外的樣子，桐谷苦笑著說：「可能會害妳上班遲到啊。」

從平常個性溫厚的樣子，實在很難想像他會這樣。

「這種小家子氣的地方，我都想盡量隱瞞，不想讓深月小姐覺得幻滅……應該是說不想被討厭。」

接著桐谷用力握住深月的手。

那一瞬間，深月就明白了——兩個人心裡的想法其實都一樣。

所以，她也回握桐谷的手。

「我不會討厭你，而且……我其實也一樣。」

「一樣嗎？」

「我剛才才發現，我好像是在嫉妒……晴香小姐。」

這次換桐谷愣住了。

「我聽到你說初戀情人的事情時就很在意了，一直想著她是什麼樣的人？你會不會現在還喜歡她？」

「呃……妳很在意嗎？」

「哎呀，怎麼可能不在意……她是除了我之外，你唯一喜歡過的人吧？」

「……完全看不出來啊。」

「我、我覺得如果我表現得很小氣，未免也太不像樣了，所以我才會假裝自己一點也不在意的樣子……結果，反而心裡很混亂，還把氣出在你身上，一點也不像成熟的大人。」

真心話和表現出來的樣子之間產生矛盾。

就像原本以為是甜食，結果嘴裡卻是苦味，腦袋因此變得一片混亂。

「桐谷的初戀情人——晴香小姐——人長得美，個性又帥氣，渾身充滿自信，看起來也很強勢……我覺得我比不上她。」

還沒見到面之前，的確很想認識這個人。

見過面之後，反而覺得早知道就不要認識她。

「雖然我告訴自己不要去想，但還是會不自覺地一直想，想著你會不會還是比較喜歡晴香小姐……會不會丟下我去晴香小姐的身邊……如果沒有我的話，你是不是就能和晴香小姐在一起……」
原本打算冷靜談這件事的。
然而，明明不想再說下去，嘴巴卻停不下來。
「桐谷是我配不上的人，就算想和你在一起，也沒辦法長久……你在我身邊的日子，就像一場太過幸福的美夢……這場夢最後還是會像魔法解除一樣必須醒來……到時候你就不在我身邊……我又回到一個人的日子……」
回過神來，深月的眼眶已經溢出淚水。
一滴又一滴落下的眼淚，讓深月清楚了解，自己想要用力握緊桐谷的手，不想鬆開的心情。
所以，才會輕而易舉地說出這些話。
「……我很喜歡桐谷，最喜歡你了。我想要一直和你在一起。」
深月心想：啊，說出口了。
不知道是不是因為傳達了自己的想法，有種完成一件事的感覺。
比起把想法說出來這件事，自己哭得一把鼻涕一把眼淚的樣子應該很難看，得在桐谷面前保持一點形象才行，一時之間羞恥感湧上心頭。深月放鬆握住手的力道，想放開桐谷的手。
不過，桐谷沒有讓她這麼做。

他反而重新抓住深月的雙手，整個人抱住深月。

「桐、桐谷……？」

「深月小姐……我現在說不定已經死了……心臟還有在跳嗎？」

「沒、沒問題，心臟還在跳，你還活著。」

「太好了，那我可以一直在妳身邊了。」

桐谷緊緊抱住深月，回應深月心裡的希望。

接著他輕撫深月的頭，在耳邊低語：

「……請放心，我是深月小姐的專屬魔法師。」

深月心想：啊，我說不定也已經死了。

他只說了這一句話。

自己就覺得胸口好悶，感覺心臟都要停了。

不對，那個因為嫉妒和不安而煩惱的自己，現在應該已經死了。

「我……可以不用嫉妒她嗎？」

「當然啊。深月小姐好像很在意初戀情人，不過我喜歡晴香小姐的時間很短啊！應該不到一個月吧。」

原本靠在桐谷身上的深月不禁拉開距離。

「……是這樣嗎？」

從正面看著桐谷的眼睛，他以澄澈的眼神點點頭說：「是啊。」

接著用魔法變出一條手帕，一邊擦去深月的淚痕一邊說：

「不只時間短而已，喜歡的程度也完全不一樣啊。」

「是……這樣嗎……」

「妳忘記了嗎？我說我把自己放進妳命運的紅線了，這種事情當然要我選擇妳，非妳不可才能做到啊。」

「……紅線是我看不見的東西。」

「重要東西通常都是肉眼看不見的吧？對吧？」

桐谷很困擾似地皺起眉頭。

「話雖如此，這樣還是無法說服妳……那我說喜歡妳哪些地方好嗎？如果要仔細算的話，我可以講十個甚至一百個喔！嗯──」

「呃，不，不用這樣啦……」

「妳很可愛又很溫柔，還有很努力。雖然很堅強，但還是會在我面前示弱。吃飯總是吃得很香，還會特地買布丁給我。抱妳的時候，覺得妳又軟又香，但是妳那麼柔弱，感覺太用力好像會把妳折斷。妳的頭髮很漂亮又很好摸。睡著的時候撒嬌的聲音、慢熱又容易害羞的個性──」

「等、等一下，不用說出來也沒關係！不用說得那麼具體，不要再說了，我會不好意思……」

「其實，我喜歡深月小姐的一切，我說都說不完。」

聽到桐谷低語的耳朵，就像燙傷一樣炙熱。

被他澄澈星空般的眼睛凝視，深月心跳加速到幾乎要炸裂。

「要怎麼做才能表達我的感情？」

「……我已經知道了。」

「真的嗎？」

「真的。」

不需要多說，從過去的行動就可以知道他真心喜歡深月。

……是說，在深月阻止之前，都已經說出超過十個「喜歡的地方」了。

「剛才……我只是想讓你頭痛一下，所以發個牢騷而已……」

深月坦白說出來之後，桐谷噗哧一笑。

「……你笑什麼？」

「沒有，就是覺得深月小姐真的好可愛。」

「呃……是說我很幼稚的意思嗎？」

「不是。深月小姐是成熟的女性，但是，正因為這樣我才想保護妳。」

「呃，嗯……？」

「這麼可愛的行為，只能在我面前做喔。」
桐谷調侃似地低語，讓深月的臉頰熱了起來。
……不知道這種時候該怎麼回應才好，只能僵在原地。
在這樣的深月面前，桐谷用有點彆扭的口吻回到原本的話。
「話說回來，我之所以會在這裡，是因為我祈求要和深月小姐簽約。我心裡完全沒有想過晴香小姐，不，我也沒有想過其他人。」
「如、如果要這樣說的話，桐谷還不是一樣。從我提供的魔力應該就知道，我和廣海沒什麼吧？」
「我收到很多魔力啊……不過，我不知道那代表什麼意義。」
「魔力的意義嗎？」
「對啊，魔力……就是『愛』……譬如說，深月小姐有可能是博愛主義，也有可能對我和對太郎一樣……說不定對廣海的好感比我更深……這些我就沒辦法判斷了。」
原來如此，深月懂了。
深月覺得「已經可以和他結婚」，但他卻說「要努力讓深月小姐願意和我結婚」。當時覺得兩個人的想法有出入，現在他這樣說，深月就明白了。難怪之前會產生這麼多齟齬。

「所以我不知道深月小姐到底喜不喜歡我，我沒有自信。我不知道妳有沒有把我當成一個男人……因為妳從來沒有說過喜歡我……」

看樣子自己是因為魔力的存在而太過放鬆了。

發現到這一點，深月開始反省。

……果然，有些事情還是要用語言才能傳達。

「對不起……讓你產生不必要的不安。」

「不，我自己更應該要好好傳達喜歡深月小姐的心情才對，要更清楚地……那個，深月小姐……」

「嗯，怎麼了？」

「我可以親妳嗎？」

突如其來的要求，讓深月瞬間結凍。

望向桐谷，他就像做錯事怕被罵的貓一樣，撇頭看著其他地方。

「呃……不對不對不對，等一下，為什麼突然……」

「因為我發現氣氛正好。」

「什麼氣氛啊？」

「我想說有些事情用行動比較能傳達。」

「那你為什麼撇頭看別的地方？」

「因為說出口好像又有點罪惡感，而且……」

「而且？」

「……如果我看著妳，可能就趁勢親上去了。」

我到底在問什麼啊？深月心裡一片混亂。

深月正在煩惱，不知道該拿現在這個微妙的氣氛怎麼辦的時候——

「不過，這次就先這樣，現在時機未到。」

桐谷主動這樣說。他臉頰有點紅。

（呃……時機未到……也就是說，之後時機就會到了……嗎？）

自己腦補之後，深月心裡一陣慌張，桐谷此時轉過頭來。

原本露出平時冷靜表情的他，好像要隱藏自己的害羞似地，用開玩笑的口吻說：

「而且我和深月小姐的初吻，還是想要特別一點。對了，譬如說婚禮之類的。」

「呃……你是小女孩嗎？」

他這句話實在太可愛，所以深月才這樣問，但桐谷悶悶地說：

「我是男人。」

他認真地回答，然後再度抱緊深月。

在他懷裡的深月，確實感覺到他是個男人。身體結構和自己完全不一樣，強而有力，有種能夠保護自己的安全感。

「可以就這樣抱著妳一下子嗎？獨占深月小姐，讓我覺得很安心。」

「……嗯，可以啊。」

深月決定就讓他抱著。

後來乾脆把頭靠在他的肩膀上。

因為自己也和他有一樣的心情。

自己也想要獨占桐谷，這樣才能安心。

最近特別想要這種能夠獨處的時間。好幾天沒有見到面，覺得很寂寞，所以更想就這樣度過——

過了一陣子，深月就開始打瞌睡。

（啊，糟糕了……好想睡……）

剛才喝了酒，而且也已經很晚了。

更重要的是，最近的不安終於獲得解放。桐谷的臂彎很溫暖，心跳的聲音好舒服，令人安心。

「那個，深月小姐。」

桐谷這樣呼喚，深月撐開快要閉上的眼睛。

「嗯，怎麼了……？」

「模擬婚禮的事情……如果深月小姐不喜歡，我明天就去回絕。」

睡意正濃、整個人輕飄飄的深月傾聽著他說的話。

「我當初想說可以幫助深月小姐，所以才接受的……就算我不答應，廣海那傢伙應該也可以勝任才對——」

「沒關係。」

深月閉著眼睛說。

那是發自內心的話。

現在還沒睡著，到明天應該也會記得。

「我沒關係的……所以你好好加油。」

「真的沒關係嗎……？」

「嗯，我想要看到你帥氣的模樣……而且，你的新娘是我啊……」

「咦？妳剛才說……深月小姐？」

怎麼叫都沒有回應，嚇了一跳的桐谷急忙確認臂彎裡的深月。

她已經睡著了。

說完最後一句話的瞬間，深月內心覺得很滿足，就這樣舒舒服服地進入夢鄉。

桐谷讓深月躺在床上，輕輕撥開深月的瀏海。

就像在施展魔法似地，輕柔地低語：

「真是的……妳可別忘記剛才說的話喔。」

不知道是不是作了幸福的夢，睡著的深月露出微笑。

看著深月的睡臉，魔法師離開房間前往客廳，向焦急等待的太郎報告兩人已經和好的消息。

因為嫉妒，兩個人確認了彼此的心意。

這天晚上的對話，成為兩人更進一步的契機——

第四章✦魔法師的（模擬）結婚典禮

時序來到六月。

舉辦模擬婚禮的婚禮博覽會終於要開始了。

因為已經進入梅雨季節，今天這個假日很不幸也是下雨天。

不過，這天早上深月出門時顯得有點興奮。

太郎目送她出門，桐谷則是撐著傘在外面等待。深月從屋簷下衝到桐谷撐著的傘下以免淋濕。

「深月小姐感覺好像很開心呢。」

深月正在欣賞路邊盛開的繡球花，桐谷突然這樣說。

「因為很久沒有像這樣和你一起走在雨中。上一次是你來接我，結果先跑回家那天耶。」

「嗚……那次真的很抱歉。」

「沒關係，我已經知道你為什麼跑回家了嘛。」

當時不知道桐谷為什麼突然不高興，在雨中手足無措，呆呆站了好久。

不過，現在的深月已經知道了，他是在不高興自己用了廣海的雨傘。

「而且，我並不討厭下雨天啊。」

「是嗎？我還是第一次聽妳說。為什麼不討厭啊？」

桐谷這樣問，深月只回答：「因為下雨天是特別的日子。」

接著，深月在雨傘下挨著桐谷，走在溫和的小雨中，往公司附近的婚宴會場前進。

◆◆◆

婚禮博覽會當天的婚禮會場會進行各種活動。

除了參觀教堂、婚宴會場以及個別諮詢之外，還可以試穿禮服、試吃婚宴的套餐料理。

其中的主要活動就是桐谷擔任新郎的模擬婚禮。

模擬婚禮是下午一點開始，需要提前一個小時準備。在準備時間前，桐谷都沒事。

因此，兩人提前出門，約莫可以一起逛兩個小時。

當初，深月打算偷偷去看模擬婚禮，桐谷卻搶先提議：「要不要一起去逛？」深月單純感到開心，所以就滿懷欣喜地答應了邀約。

博覽會的會場裡，已經開始出現人潮。

其中展示最華麗、最受矚目的就是試穿禮服區。

深月也不禁停下腳步，看禮服看到入迷。

「要不要靠近一點看？」

桐谷在深月的身後這樣說。

兩人緊貼的距離感，讓深月不知道為什麼覺得心裡一陣騷癢，彷彿在告訴周遭的人：我們也快要結婚了喔！

那天晚上之後，桐谷就越來越常黏著自己。

而且，深月不知為何也接受了他的近距離接觸。畢竟那天晚上都已經維持擁抱的姿勢睡著了，現在再來拒絕也為時已晚。

當然，還是會覺得很害羞。不過，現在深月覺得，如果這樣就能讓桐谷覺得安心，有一點肢體接觸也無所謂。

剛開始很驚訝的太郎也決定當作沒看到。深月沒有表現出抗拒的樣子，所以他就如當初成為家貓時宣言那樣，按照「基本上我會看臉色行事」的準則行動。

桐谷會積極邀深月來參加婚禮博覽會，也是因為那天晚上深月讓他意識到結婚這件事。

——「而且，你的新娘是我啊……」

回想到這件事，深月感覺快要冒出冷汗。

雖說睡魔會奪走語言能力，但說出這台詞也太驚人了。

不過，隔天早上起床時，桐谷問：「妳還記得嗎？」深月並沒有含糊帶過，而是坦率表示：「我沒有忘記。」因為深月想要拿出一點自己原本缺乏的積極，往前踏出一步。和桐谷一起。

不過在那之後，彼此都沒有談過什麼具體的內容。

「深月小姐喜歡什麼樣的禮服？」

所以，當桐谷這樣問的時候，深月不禁心跳漏跳一拍。

「呃，這個嘛，我喔……啊，感覺這種禮服不錯。」

「喔喔，原來如此，妳喜歡這種類型的啊？」

「純白的禮服也很漂亮，但我也喜歡那種沉穩的色調。」

「穿兩次白紗也可以啊。嗯，很不錯……」

每次問深月的意見，桐谷都會陷入沉思。

接著，他對深月提議：「要不要試穿看看？」

「咦？試穿禮服嗎？」

「對啊，試試看吧！」

「呃……如、如果尺寸不合就太丟臉了……」

「尺寸這點小事，用魔法就能改到合身，所以沒問題啦。」

「竟然連這種事也能辦到……」

「所以妳就去穿穿看喜歡的禮服吧，這樣會更具體——」

就在這時候傳來呼喊聲：「啊，找到了！桐谷先生！」

循聲看過去，穿著西裝的男子衝了過來。

一看胸前的名牌，發現是桐谷之前說過的博覽會負責人。

「桐谷先生，抱歉。時間還有點早，不過我們想單獨拍桐谷先生，能不能請您先來拍照？」

「啊——現在馬上過去的話，不太……」

桐谷小心地瞄了深月一眼。

不過深月搖搖頭，表示不用在意自己。

「桐谷，你去吧。我沒關係，我自己逛就可以了。」

「……真的嗎？」

「我真的沒關係。」

「我知道了……那個，妳逛得怎麼樣，之後要告訴我喔！」

什麼怎麼樣……？

在回問之前，桐谷就被負責人帶走了。
剩下深月孤身一人。
環視周遭，來參觀婚禮場地的人，理所當然地清一色都是男女情侶。
「……雖然剛才說可以自己逛，但難度未免也太高了。」
不過，這也是無可奈何的事。
深月用從遠處圍觀的方式逛，以免打擾在場的情侶。
展示會場連婚禮小物、紀念品、婚宴用的套餐料理樣本都有展出，今天好像也會免費提供這些套餐料理。不過，桐谷要準備模擬婚禮，時間沒辦法配合，所以深月放棄去吃料理這個行程。這種時候果然還是要一起比較好……
此時，深月注意到教堂也有開放參觀。
之後桐谷進行模擬婚禮的地點就是這裡。
深月悄悄走進敞開的大門內。
明明還沒舉行婚禮，但總覺得這裡的氣氛和其他地方不同。
寬廣的空間以白色為基調，然後用花朵裝飾。沿著充滿神聖感的白牆和梁柱往上看，自然光從天窗灑落。
左右兩邊排著溫和沉穩的木製長椅，在長椅中間的筆直紅色地毯通往天藍色的花窗玻璃，花窗前有十字架聖壇。

哇……深月不禁讚嘆。

在絕美的空間裡，盯著牆面發起呆。

桐谷和晴香會站在那個聖壇前面。

深月已經不覺得那有什麼了。

不再對晴香感到嫉妒，也不再懷疑桐谷的心意。可能是自己太單純，不過深月告訴自己，與其懷疑桐谷的心意，相信他會過得更幸福。

……只不過，難免在心裡覺得羨慕。

深月不禁想像，能在眼前這樣美得如此脫俗的地方忘記所有的不安，對未來充滿希望，在眾人的祝福之下宣示永恆的愛，那一瞬間會有多甜美啊！

不過，前提是要有對象。

「……結婚的事，還是我先提吧。」

看著聖壇，深月喃喃自語地這麼說。

那天晚上之後，桐谷除了婚禮博覽會之外，就沒有再提過結婚的話題。所以關於要不要去登記、想不想辦婚禮之類的問題都還沒和他確認過。

提起這些話題的行為，可能會變成是在求婚。不過，就算是這樣，深月也不覺得有什麼不好。

婚姻登記或婚禮之類的，不辦也沒關係……深月現在仍然這麼想。

雖然也不是對婚禮完全沒有憧憬，但深月也知道，如果又登記又辦婚禮，有可能會增加負擔，而且日常生活以及和桐谷之間的關係也會漸漸產生變化。

最近所謂的「裸婚」和「簡婚」這種婚姻型態也逐漸普及，甚至有夫妻不只沒辦婚禮，連婚姻登記都沒完成，只維持同居關係。和桐谷之間的關係以及和他一起度過的每一天就很像這種感覺，而且現在也沒覺得有什麼不方便。

婚姻登記和婚禮並不是人生中必要的選項。

不過，深月同時也想到，如果是和桐谷一起——和他一起的話——經歷這些活動和變化也不錯。

而且，婚姻登記和結婚典禮以及其他的雜事，也不能就這樣模模糊糊地進行……所以，應該還是要兩個人好好談一談才對。在這個會場看到來諮詢未來的眾多情侶，深月突然發現這一點。

「啊——可是決定之後，反而莫名覺得緊張……」

「決定什麼？」

此時，有人從很近的地方說話。

事出突然，深月嚇了一跳，哇的一聲往後跳。

凝神一看，原來是廣海。

他第一次打扮得這麼休閒，站在深月身邊。

「你、你什麼時候來的？」

「我啊——剛才才來的啊。」

「是說，你怎麼會來這種地方……廣海，你要結婚了嗎？」

「沒有沒有，我是來嘲笑桐谷前輩的♪」

你就是這樣才討人厭啊……深月露出苦笑。

自己好像再度了解桐谷討厭廣海的原因了。

「所以桐谷前輩呢？離模擬婚禮開場應該還有時間吧？」

「好像是突然要拍照，所以就提早被帶走了。」

「啊——桐谷前輩的閃電攝影會啊，以前就經常有這種事喔。」

「咦？是這樣嗎？」

「因為偷拍的照片可以賣到好價錢啊。」

廣海這番話，讓深月懷疑自己的耳朵。

總覺得自己好像聽到什麼很不得了的事情。這件事桐谷知道嗎……

「所以，我想說要來拍模擬婚禮的照片啊！」

「啊，那廣海也會去看模擬婚禮囉？」

「對啊，感覺很有趣……啊，真好耶——辦婚禮啊……」

「你想辦婚禮嗎？」

「婚禮不是很引人注目嗎？那根本就是我的天下啊。」

「啊哈哈，你的確很適合派對。那你當初自己舉手說要演新郎不就好了。」

「哎呀，其實我有試著舉過手啊。」

「呃，是這樣嗎？」

沒想到有這回事，深月不禁瞪大眼睛。

「對啊。」廣海一副理所當然的樣子點了點頭。

「我試著去跟博覽會的負責人說桐谷前輩並不是特別想演出，那換我不好嗎？怎麼樣啊？可是，負責人說『廣海先生好像不太適合婚禮，也沒有理想對象的感覺……』然後就拒絕我了……那個——深月前輩？為什麼轉頭啊——啊，還笑成這樣！」

「因、因為拒絕的理由實在太好笑了啊……呵呵……」

「等一下——我超適合婚禮好不好！如果要這樣說的話，妳要不要試試看？一起走紅地毯就好。」

「不要，我要跟桐谷一起走。」

深月這樣回答，廣海一瞬間露出嚇到的表情。

不過，馬上溫和地笑了笑。

「看樣子妳已經恢復元氣了。」

「嗯，託你的福。謝謝你關心我。」

「哪裡哪裡──我們彼此彼此啦。我也是能讓深月前輩幸福的魔法師……不過，有桐谷前輩在就已經夠了──」

「抱歉。」此時，有位男子向深月搭話。

是剛才那個博覽會的負責人。

「那個，您是高山小姐對吧？和桐谷先生一起來的人。」

「對，是我沒錯。有什麼事嗎？」

「桐谷先生說拍攝告一個段落，希望我帶您過去。如果可以的話，請讓我帶您去休息室。」

「謝謝，那就麻煩你了。」

「喔，桐谷前輩該不會穿著燕尾服在那裡等吧？」

深月身旁的廣海興奮地問。

桐谷應該不想看到他，但他一副要跟的樣子。

「是啊。哎呀，桐谷先生真的很帥啊。我也是男人，但連我都心跳加速呢……來，請往這裡走。」

負責人在前面帶路，深月和廣海跟著前往桐谷所在的休息室。

負責人敲了敲門，先走進去。

深月走進室內幾步就僵住了。

桐谷穿著銀灰色的燕尾服。

妝髮經過設計，整個人閃亮到不行，說他是某國的王子很有說服力，說他是騎白馬來到這裡也不會覺得奇怪。

他是如此地眩目，讓深月的大腦放棄運作。

她只是陶醉地看著眼前的王子。

不知道自己凍結了多久……

「哇，桐谷前輩真的像王子殿下一樣！」

深月聽到廣海的聲音才回過神來。

「那張臉是怎麼回事？是說，上輩子要積多少德才能長這個樣子？快告訴我吧！」

「……為什麼你這傢伙會在這裡啊？」

桐谷看到廣海就露出不耐煩的表情。

不過，他馬上就轉向深月。

「深月小姐，怎麼樣？適合我嗎？……深月小姐？」

深月用雙手遮住臉。

然後好不容易才用顫抖的聲音回答桐谷。

「不行……我沒辦法看著你……」

「咦？不、不好看嗎？」

「不是不好看……是你實在太閃亮了……」
「咦？不對，平時不是經常看到我這張臉嗎？」
「和平常完全不同次元啊！」
聽到深月這樣說，廣海和博覽會的負責人都一起點頭。
大家都一致認同，桐谷的臉蛋就像神的創造物一樣完美。
「這、這樣啊……可是，難得有機會，我想要讓妳好好看看。得讓深月小姐確認這樣好不好才行啊。」
「不用認真看也知道太過完美，所以不用確認了……」
「不行。手放開，仔細看。妳會習慣的。」
「有、有必要習慣嗎？」
「有必要啊，正式上場的時候妳不打算看我嗎？」
「……正式上場？」
深月慢慢地從指縫間看著桐谷問。
然後，桐谷就突然慌張了起來。
「啊——我覺得按部就班做事情也很重要。」
「呃，突然說這句話是……？」
「這個嘛，我希望妳可以再等一下，我一定會解釋——」

「咦？」此時喊了一聲的是博覽會的負責人。
循聲看過去，負責人把手機貼在耳朵上，看樣子是深月和桐谷正在說話的時候，有人打電話來了。
不過，通話的內容似乎不是什麼好事，負責人的表情明顯變得蒼白。
他對著電話說：「呃，不是吧？」、「傷腦筋，這下該怎麼辦……」氣氛變得很緊張。
「他這是怎麼了？」
「不知道，可能有什麼問題吧。」
深月和桐谷這樣低聲討論的時候，負責人掛斷電話。
手上握著電話的負責人，彷彿世界即將終結似地垂下頭。
「那個……發生什麼事了嗎？」
深月這樣問之後，負責人抬起頭。
他以空虛的眼神看著深月，並用虛弱的聲音解釋：
「其實，演新娘的吉峯小姐打電話來……說今天沒辦法過來了……」
現場所有人都驚呼了一聲。
仔細一問，才知道晴香在前往會場的途中，因為雨水沾濕階梯，所以在階梯上滑倒了。

幸好沒有撞到頭形成致命傷，但腿已經受傷沒辦法走路，現在正在醫院等待診療。

「怎麼辦……吉峯小姐說她會找人替補……我能相信她嗎……」

就在負責人空洞地喃喃自語時，深月的公司用手機傳來震動。

沒見過的電話號碼，讓深月抱著疑惑接聽。

「您好，我是高山……」

『深月小姐嗎？是我是我，我是晴香。』

原本深月心想，這種時候會是誰打來，沒想到就是大家正在擔心的晴香。

「晴香小姐？……咦？妳怎麼會有我的電話？」

『開會的時候，充說他沒有手機，所以公司給我深月小姐的手機當作緊急聯絡電話。』

「啊，原來如此……比起這個，妳的傷還好嗎？」

『我還在等待診療所以不好說，不知道是傷到韌帶還是骨頭斷了……總之現在沒辦法穿高跟鞋走路，走一步就會直接跪地。』

「感、感覺很痛……」

『話說回來，深月小姐知道我受傷，那就表示妳現在在會場囉？』

「嗯，對。現在在桐谷的休息室。」

『太好了，我有事情要拜託妳。』

「拜託我嗎？」

正當深月在疑惑到底是什麼事的時候，晴香說出令人難以置信的話。

『我想拜託妳代替我去演模擬婚禮的新娘。』

深月思考了一下對方說了什麼，然後——

「咦——咦咦咦咦咦咦！」

理解意思之後，她不禁大叫出聲。

看到深月的反應，桐谷也把耳朵湊到手機邊。

晴香突然提出這種要求，太過眩目的那張臉又突然靠近自己，讓深月的頭腦陷入空前混亂。

「不、不不，不行。我不行！我辦不到啦！」

『可以可以。妳是充的未婚妻啊，剛剛好不是嗎？』

「一點也不剛好！我雖然是未婚妻，但是我們還沒辦過婚禮耶！」

『反正之後也會辦吧？妳就當作是彩排。』

「不是，這樣也太亂來了吧！」

『深月小姐，拜託妳……妳如果不幫我，當天放鴿子讓現場的人困擾，我就會變成最差勁的模特兒，以後就很難在業界混下去了！』

「其、其他的模特兒不行嗎……？」

『我想不到其他能在充面前保持冷靜的模特兒……』

「啊，果然就連專業的模特兒也一樣──那不是重點……」

『如果是深月小姐的話，禮服和高跟鞋的尺寸，充都能光明正大地幫妳調整，如果有什麼意外狀況也會比較好應付，充應該都能想辦法克服。如果妳同情受傷的我，就答應我的請求吧！──啊，好像輪到我了，那就萬事拜託了！』

「呃……等等，晴香小姐？」

電話已經掛斷，怎麼喊都沒用。

深月愣愣地看著桐谷。

比起避開眩目的臉，深月更想要聽到解釋。

「……你說的正式上場，是指這個嗎？」

「不是……這出乎我的意料之外。」

「那個，莫非高山小姐就是代替吉峯小姐的人……嗎？」

面對疑惑的桐谷和深月，負責人這樣問。

他似乎已經從對話內容察覺目前的狀況。

「啊，不是的……她有拜託我，但我能力不足……」

「哪裡哪裡，原來如此，我覺得非常好！」

「呃……」

「高山小姐和桐谷先生已經訂婚了對吧？」

「嗯，是這樣沒錯……」

「那就更能呈現出真正的婚禮感，和專業的模特兒不一樣，這種臨場感或許更能讓來賓感受到……高山小姐，我們試試看吧！應該是說，請扮演新娘吧！再這樣下去，我夏季的獎金就要沒了！拜託妳了！」

原本覺得應該不會同意的負責人也積極地拜託自己，讓深月手足無措。

在一旁看著事情始末的廣海跟著敲邊鼓，「這不是很好嘛！」

「深月前輩也說過對婚禮有興趣啊……啊——這樣就更有趣了！我在教堂的搖滾區等你們，我先走啦！」

「等一下，廣海，我還沒決定啦！桐、桐谷，怎麼辦……桐谷？」

想轉身求救，但桐谷已經不在原地。

他站在房間深處的婚紗前。

「深月小姐，要不要試穿看看？沒問題，尺寸一定剛剛好。」

桐谷比平常更加眩目的笑容，讓深月也不禁嘴角上揚。

都沒問過本人，桐谷就已經贊成深月扮演新娘。

所有人都贊成，自己實在沒辦法反對。碰到困難的晴香和負責人紛紛拜託自己，真的好難拒絕。

……深月決定扮演新娘。

◆◆◆

在那之後，只是一眨眼的工夫。

穿上桐谷調整過尺寸的禮服和高跟鞋（真的剛剛好），鬥志滿滿的妝髮負責人說：

「雖然新郎是規格外的大帥哥，但婚禮上新娘絕對是主角！」所以拚盡全力幫深月打理。

眾人忙得暈頭轉向之下，回過神來，深月已經變身成待嫁新娘了。

「深月小姐，真的好美……」

深月在休息室內完成事前準備後，進到屋內的桐谷感動地說。

「可、可以嗎？不會很奇怪嗎？」

「很漂亮啊，漂亮到捨不得給別人看，我想直接把妳帶回家。」

「我也想要你帶我回家……嗚嗚，胃好痛，刺刺的痛……」

「對不起，我的魔法並不是萬能的。」

魔法師雖然能讓喝醉的人立刻酒醒，但是這種壓力和疼痛來自深月容易緊張的個性，所以無法輕鬆消除。

而且，魔法似乎也無法瞬間治療身體的傷痛和疾病。話說回來，如果可以做到這種事的話，深月就不用像這樣幫晴香代打了。

「雖然已經聽過流程的說明，但是完全沒有彩排過……不知道能不能順利完成。」

「沒問題的，我在妳身邊啊！」

桐谷用力握緊深月的手。

隔著白手套，深月可以感受到他的溫度。

「……要是有什麼意外，你會救我吧？」

「當然，我會好好保護自己的新娘，讓妳平安無事。」

桐谷握著深月的手露出微笑，讓深月略微減少心中的不安。

正式開始前的短暫時間，深月和桐谷一起確認流程表。

根據負責人的說明和流程表顯示，模擬婚禮的時間大約是三十分鐘。

大致的流程是新郎新娘進場、唱讚美歌、神父朗讀《聖經》並且祈禱，然後讀「無論健康或疾病～」那一段知名的誓詞、交換戒指、掀頭紗和誓言之吻、在結婚書約上面簽名、新郎新娘退場。

當然，模擬婚禮的話，誓言之吻只是「做做樣子」。

新郎只會把臉湊到臉頰附近，不會真的碰到。聽到這裡深月就鬆了一口氣，只專注在「絕對不能跌倒」這件事上。

「差不多要開始了，請準備出場！」

不久，負責人就來通知開始的時間，深月和桐谷便離開休息室。兩人和會場的工作人員一起，在剛才逛過的教堂門前等待出場。

接著，教堂裡傳來入場的音樂。

「深月小姐，我在聖壇上等妳。」

桐谷說完便跟著神父進入教堂。

新郎光彩奪目令眾人屏息，敞開的大門暫時關上。

桐谷不在身邊之後，深月突然變得很膽小，很想逃走。

不過，就在深月糾結的時候，馬上就輪到新娘進場。挽著扮演父親的工作人員，彼此配合步伐，深月走向在眼前敞開的大門。

桐谷就站在紅地毯盡頭的聖壇上。

這麼短的距離仍令人感到焦躁，深月在現場來賓的視線之中走向桐谷。

終於抵達桐谷身邊的時候，深月終於想起該怎麼呼吸。

「……辛苦了，接下來也一起加油。」

桐谷趁齊唱讚美歌的時候這樣低語。

風琴的樂聲和人聲的合唱之中，深月只聽得到他的聲音。深月垂下眼簾，輕輕點頭。

沒錯，接下來的流程還很長。

唱完讚美歌之後，神父朗讀《聖經》的片段。

「愛是恆久忍耐，又有恩慈；

愛是不嫉妒。

愛是不自誇不張狂，

不做害羞的事；不求自己的益處，不輕易發怒。

不計算人家的惡，不喜歡不義只喜歡真理。

凡事包容，凡事相信，凡事盼望，凡事忍耐凡事忍耐。

愛是永不止息。」

神父朗誦的是《新約聖經》裡被稱為〈愛的真諦〉的章節，也就是在婚禮上經常朗讀的〈哥林多前書〉第十三章四到八節。

聽著聽著，深月不知道為什麼想起魔法師和魔力，還有契約婚姻的事。

朗讀結束之後，緊接著是祈禱、祝福和誓言。身為新郎新娘，神父輪流喊出深月和桐谷的本名，對著結婚書約問：「妳願意嗎？」

「是，我願意。」

深月用顫抖的聲音，緊接著在桐谷之後回答。

會場的工作人員拿下兩人的手套，進行交換戒指的儀式。戒指應該是從會場的樣品當中，選出適合無名指的尺寸。

然而，桐谷並沒有把戒指套進深月的無名指，而是戴在小拇指上。
（嗯？為什麼是小拇指？拿錯尺寸了嗎？）
雖然有點混亂，但這次換深月了。她打算把戒指戴在桐谷的無名指上。
不過，桐谷伸出的不是無名指，而是小拇指。
疑惑地看著桐谷時，他用眼神示意就這樣做沒關係。
（雖然搞不清楚是怎麼回事……總之先戴上再說吧……）
登上聖壇過了一段時間，深月也比較不緊張了。
眼睛漸漸習慣桐谷的光彩炫目，也開始心想現場的來賓無論男女應該都盯著桐谷看。所以，交換戒指時，面對桐谷的即興演出也能冷靜以對。
……不過，後來才發現自己也太過掉以輕心了。
深月完全沒有想到還有其他的即興演出。
在換戒指之後，神父用手勢示意要掀開新娘的頭紗。
桐谷遵從指示掀開頭紗。
深月一露出臉，他便把手搭在深月的雙臂上。
兩人對望之後，桐谷彎下身——
（咦？等一下……這個角度不是做做樣子而已……）
——深月全身僵硬，桐谷溫柔地在額頭上輕輕一吻。

神父和參觀席的觀眾開始拍手，背後的現場演奏聲和愛之歌的合唱越來越大聲，彷彿告訴大家這裡就是高潮。

在那之後，深月的頭腦一片空白。

只是依稀知道在桐谷的幫助之下，她完成結婚書約的簽名，但是不知道有沒有好好寫下名字，而且自己其實完全搞不清楚神父說了什麼。

等到回過神來，已經到了退場的時間。

音樂從莊嚴的曲目變成明朗輕快的曲子，參加者手中都拿著花瓣等著要幫新人撒花。

（有、有點出乎意料，不過看樣子是不會出錯……）

回想到剛才的事情，額頭有點發癢。

望向挽著手臂的桐谷，他也一臉憐愛地看著深月。剛才明明還想著等一下要好好抱怨一下，但是看到他的眼神，這種念頭就快要煙消雲散了。

大概是因為有種飄飄然的心情吧。

深月忘了最重要的事情。

和桐谷一起走下聖壇的時候，深月沒有多想就踏出一步——結果一腳踩在婚紗的裙襬上。

那一瞬間，高跟鞋的鞋跟扭了一下，腳踝傳來不祥的聲音。

「痛……？」

即便是挽著桐谷的手臂，還是無法保持平衡。就算想拉回身體，也因為高跟鞋已經扭歪，沒辦法站穩腳步。

桐谷馬上發現，立刻伸出另一隻手。

然而，深月也撐不到救援抵達。

（不、不行了，要跌倒了──）

就在作好醜態畢露的覺悟時，身體瞬間浮了起來。

深月馬上就發現，這是桐谷的魔法。

託魔法的福，並不會跌個狗吃屎，但是這樣不就──

（會讓魔法露餡啊──）

砰！

天花板傳來禮炮的巨大聲響，消除深月的疑慮。

會場裡的人都好奇地把視線移到新郎新娘的頭上。

天花板上散落大量的花瓣。

彷彿櫻花吹雪般的華麗花瓣浴，足以遮蔽大家的視線。

「廣海，幹得好！」

桐谷低聲這樣說，然後急忙用公主抱的方式抱起浮在空中的深月。

爆炸聲和大量的花瓣應該是廣海的魔法。

深月在花瓣浴中，被桐谷抱在懷裡退場。

退場的途中，在驚喜於意外演出的參加者之間，看到廣海一臉驕傲地比了個V字。

◆◆◆

離開熱鬧教堂的新郎新娘直接前往休息室。

桐谷把深月抱在懷裡，然後讓深月坐在椅子上，幫她脫下鞋子確認腳踝的狀況。

「看樣子沒有受傷，太好了……」

呼——桐谷放心地吐了一口氣。

原本隨桐谷擺弄的深月，在那一瞬間從他手中抽出自己的腳。

「……一點也不好……好丟臉……」

「對、對不起。」

「剛才婚禮的時候也是，嚇了一大跳……我沒聽說要親額頭啊。」

「那個……其實是開始前，那個負責人拜託我的。」

跪坐在深月面前的桐谷，突然縮得很小。

「他說既然是未婚妻，能不能直接接吻……不過，我說親嘴唇還是需要妳同意，臉頰也離嘴唇很近……所以我就選了最遠的額頭。」

「你沒辦法拒絕嗎？」

「這個嘛……對不起，我被想要親吻深月小姐的私心影響……」

「……沒關係啦。」

雖然還是有點不高興，但深月還是原諒他了。

聽到這句話，垂著頭的桐谷慢慢抬起頭。

「還有，這是怎麼回事？」

深月看著戴在左手小拇指的戒指這樣問。

「戒指本來要戴在無名指，為什麼換成小拇指？」

「那是因為……我不想把隨隨便便選來的戒指戴在深月小姐的無名指上，也不想在自己的無名指戴上不是和深月小姐一起選的戒指。」

聽到這個原因，深月覺得很傻眼。

同時又覺得桐谷真是太可愛了。他對結婚這件事，比自己更認真。

……但是，深月轉念一想，覺得自己也很認真啊。

那天夜裡沒說完的話……現在說不定正是提起的最佳時機。

「桐谷你……體驗過模擬婚禮之後，覺得怎麼樣？」

深月的問題讓桐谷睜大眼睛眨了眨。

像是想起什麼似地，一瞬間將視線往上移之後，他馬上開口說：

「剛才模擬婚禮的時候，我一直覺得如果這是真的就好了。不過結束之後，覺得等正式上場的時候，我一定會做得更好。」

「桐谷，你在模擬婚禮之前就說過『正式上場』……表示你一直都想辦婚禮嗎？呃，我是說和我結婚的真正婚禮……」

「想啊，我想辦婚禮——啊，前提是深月小姐願意的話！」

「我願意啊。如果是和桐谷的話，我覺得可以辦婚禮……應該是說，我想辦婚禮。」

桐谷愣住了。

「那個，深月小姐……」

接著，他閉起眼睛，似乎在猶豫什麼。

「嗯。」

「我喜歡妳。」

「知、知道了。」

「深月小姐也……喜歡我吧？」

「對……對啊……」

「那請再給我一個月左右的時間。」

桐谷突然這樣請求，深月覺得很困惑。

「呃，一個月嗎？……為什麼？」

「這完全是出自我的私心，真的很抱歉，我想要按部就班地來。而且深月小姐以前也說過這樣比較好。」

「咦……？我說過這種話嗎？」

「妳說過啊。所以能不能也讓我按照步驟慢慢準備？妳可能會覺得我很麻煩，但我想確實做好這件事。」

「……嗯，我知道了。那就一個月——」

砰。就在這個時候大門打開了。

循聲看過去，發現是廣海走進來。

「兩位都辛苦了！啊——深月前輩，近看妳也很美啊……應該是說，化妝讓妳整個人看起來很不一樣耶，真是個大美女——」

「謝、謝謝你……？」

「一起拍張照嘛——當然啦，桐谷前輩也一起。」

「我不要。還有，不准拍深月小姐。」

「怎麼這樣……桐谷前輩，在說這種壞心眼的話之前，應該有別的話要對我說吧？」

「……謝謝你喔。」

「不對不對不對……桐谷前輩，完全沒有靈魂啊！你差點洩漏魔法師的身分，是我救了你吧？」

「蛤……那又怎麼樣？」

「來，好好誇獎我吧！請多說一些感謝的話！」

「還真是——感謝你全家啊！」

面對廣海的煽動，桐谷自暴自棄地這樣說。

話雖如此，平常的桐谷根本不會對廣海說出感謝的話，所以看樣子他的感謝之意是真的。

「不過，桐谷前輩只要碰到深月前輩，就會變得比較有人情味耶。我第一次看到桐谷前輩這樣不顧後果地使用魔法，你也有很可愛的時候嘛——」

廣海回想剛才的場景這樣說。

不要搧風點火！很危險！深月聽得很慌張，桐谷越來越不爽了。

「啊，桐谷先生、高山小姐！真的很感謝你們！」

此時，負責人剛好回到休息室。

看他的表情，似乎掩不住喜悅。他高高興興地解釋：

「兩位舉行婚禮的樣貌大受好評，在場的人大多都有繼續參加個別諮詢。哎呀——託兩位的福，完成一場超乎想像的模擬婚禮。只是不知道為什麼冒出那麼多花瓣，現在工作人員正忙著打掃。」

「真、真是辛苦啊～」

負責人似乎對這件事感到疑惑。幾分鐘前還一臉志得意滿，但不擅長收拾善後的魔法師，聽到這件事馬上轉移視線。

接著他用求助的眼神望向桐谷……不過，魔法師前輩完全不理他，一副事不關己的樣子。用魔法清理那些花瓣未免也太不自然，只好讓工作人員辛苦一點了。

「那我先走了！你們辦不是模擬的婚禮時，一定要邀請我喔～」

隨心所欲地拍完照之後，廣海留下這句話就回去了。

今天已經大功告成，所以深月和桐谷也準備回家。兩人分別脫下婚紗和燕尾服，換上自己原本的衣服。

此時，深月的手機傳來震動。

是晴香打來的，所以深月急忙接起來。

『深月小姐，聽說模擬婚禮大成功耶！真的很謝謝妳。下次我一定會回禮！』

「不用回什麼禮啦。比起這個，妳的腳傷怎麼樣？」

『這個啊，只是扭傷而已。可能是因為有瘀青，所以疼痛感更強烈，但骨頭和韌帶都沒有異常。』

「啊，太好了……妳要多保重喔！」

『嗯，那我之後再跟妳聯絡！』

說完，晴香就掛斷電話。

她真的是一個爽快又好相處的人耶。深月看著手機畫面這麼想。

「……我好像，滿喜歡晴香小姐的。」

不自覺地這樣說出口之後，桐谷一臉不高興地說：「不可以喔！」

「我的嫉妒是跨越種族和性別的，妳只能喜歡我。」

……沒想到竟然連晴香都會讓他吃醋。

畢竟他對太郎也是一樣的態度，現在才知道他的情意有多深厚，她實在太遲鈍了。

兩人和工作人員打過招呼之後，便離開發生很多趣事的婚禮會場。

來時下的雨已經停了，難得可以從雲朵之間看到藍天。從中透出的太陽光，折射出小小的彩虹。

深月看著彩虹向前走時，桐谷伸出手。

「地上還很濕，不要再跌倒了。」

深月沒有出言反駁，乖乖地牽起他的手。

不過，剛才的失敗被他拿來調侃總是很不甘心，所以深月就順勢挽著桐谷的手臂。

深月積極的行動讓桐谷眨了眨眼，似乎是嚇了一跳。

「這樣比較不會跌倒吧……？」

「嗯，對啊。」

桐谷笑得比梅雨季節的晴空更閃耀，深月和他一起向前走。

左右兩旁開滿繡球花，因為積水而顯得閃亮的道路，讓人感覺就像在婚禮上走的紅毯一樣。

尾聲✦結婚計畫

梅雨季過去，繡球花凋謝，現在正是濕熱的季節。

回過神來，七月已經快要結束，八月差不多就要伴隨著颱風降臨了。

這天，人在公司的深月，有位從其他部門過來的客人。

「啊，高山小姐，您好。上次博覽會的時候感謝您幫忙。」

他是婚禮企劃部的男員工，上次婚禮博覽會時負責模擬婚禮。

「哪裡，上次多謝您關照。今天來這裡有什麼事嗎？」

「其實活動之後因為太忙，所以一直沒能把這個交給您。」

說完，男子遞給深月一個大信封。

打開一看，裡面有一本相簿。

「我覺得拍得很好……如果你們到時候要正式辦婚禮，請務必讓我負責。」

那我先走了。說完這句話，男子就回到自己的部門。

深月從信封袋裡拿出相簿，輕輕打開——

「喔，畫面很好啊！」

——深月立刻闔起相簿。

一回頭，發現廣海就在身後，一臉笑咪咪的樣子。

「為什麼要藏起來啊，親吻的畫面很棒啊！」

「所以我才藏起來啊……哎，好害羞……」

「深月前輩太羞澀了啦，桐谷前輩也真是辛苦。」

深月滿臉通紅地瞪了一眼，廣海逃也似地回到自己的辦公桌。

剩下自己一人的深月，再度望著照片。

照片上的畫面是桐谷親吻深月額頭的瞬間。

怎麼偏偏選了這個時間點按快門……雖然這樣想，但同時也很敬佩，沒有漏掉應該拍到的鏡頭，真不愧是專家。

廣海也拍了很多照片，但是他傳過來的照片幾乎都有拍到他自己，明美和陽菜收到他傳的照片之後也這樣吐槽他。然後這兩個好友也紛紛吐槽深月：「為什麼沒告訴我！」、「正式結婚的時候要邀請我們喔——」

……所以，對深月來說，這張單獨拍兩個人的照片非常特別。

（話說回來，時間好像差不多了吧……）

回過神來才發現，距離婚禮博覽會那天已經差不多過了一個月。
深月想起桐谷說的話。
——「那請再給我一個月左右的時間。」
深月不明白他為什麼會這樣說。而且，自己一直忘記那句話，直到今天才想起來。
「……想起來之後，變得坐立難安啊。」
這天，因為工作會處理到結婚的事情，好幾次都差點被一個月的約定影響，每次都要重振精神才能撐下去。
但是，一離開公司就不行了，馬上就會想到這件事。
（桐谷說一個月左右，但「左右」到底是幾天啊……是說，那到底是什麼意思啊……那不就表示有可能是今天……還是其實早就過了期限只是我沒發現……）
雖然心裡覺得沒必要往壞處想，但沒打開潘朵拉的盒子就什麼也不知道。
深月坐立難安地回到家。
「我回來了——」
像平常一樣出來迎接自己的太郎有點異狀。
對深月說「妳回來啦！」的音調和平常一樣，但尾巴的動態很古怪。
「太郎？你怎麼了？」
「沒有啊，我和平常一樣啊。啊，我會在這裡睡覺，妳不用在意我，去客廳吧。

玄關的腳踏墊超棒的。再見！」

在深月反駁他和平常不一樣之前，太郎就自顧自地說了一大堆。

深月覺得很不可思議，但還是放任太郎癱在玄關腳踏墊上呼呼大睡，直接朝客廳前進。

「桐谷，我回來……這、這是怎麼回事？」

打開門走進室內，深月不禁睜大眼睛。

因為屋內和平常不同，呈現不可思議的樣貌。

房間的大小沒有變，但裝潢看起來就像能夠欣賞夜景的高級餐廳——應該是說，屋內完全沒有天花板，視線高度以上的牆壁呈現漸層的透明狀，抬頭一看就是整片夜空。

而且，夜空裡灑滿美麗的星星。

彷彿下起流星雨似地，有大顆流星劃過。乍看之下宛若水晶吊燈的照明，其實是星星般的小光點聚集而成，所以不會和夜空的閃爍星光衝突。

「歡迎回來，深月小姐。」

深月看星空看得入迷，桐谷在此時開口說話。

雖然房間和平常完全不一樣，但他還是老樣子，讓深月覺得鬆了一口氣。

「我回來了……呃，這個是……？」

「深月小姐說過喜歡天文館對吧？」

「嗯，喜歡是喜歡啦……」

之前約會的時候曾經聊過這件事。

當時桐谷使用魔法，在野外創造一場燈光秀……無論是當時還是現在的景色，其實都超越天文館了。頭上的星空，無論從哪裡看都不覺得是人造物。

「今天的晚餐我想改變一下風格，所以『準備』了這個房間。來，請坐。」

看樣子這裡並不是從平時的客廳改造出來的，而是像桐谷的房間一樣，是個異空間。之前，聖誕節時桐谷也曾經像這樣改變裝潢，應該是一樣的道理吧。

（……不過，今天並不是什麼特別的日子啊……）

雖然覺得疑惑，但深月還是在桐谷的催促下入座。

料理還沒端上來，但餐桌上的擺設像是在考驗餐桌禮儀似地，完全就是高級餐廳的規格。

桐谷也在深月對面坐下。

餐桌上只有銀製的餐具和空酒杯。

不過，當桐谷一彈指，就平空飛來熱騰騰的菜餚。

前菜、湯品、魚類料理、肉類料理——每次吃完就會有下一盤，餐前酒和佐餐酒也會配合時機整瓶飛過來。

簡直就像婚禮博覽會上婚宴用的套餐料理一樣。

「……是說，這根本就是套餐料理啊。」

吃完最後的甜點，餐盤自行收回時，深月突然這麼說。

桐谷靦腆地笑著搔搔臉頰。

「哎呀，不知道為什麼就認真起來了。」

「不不，這可不是隨便認真一下就能做到的啊……」

「嗯……說得也是，的確不是隨便……」

在清空的餐桌前，桐谷下定決心似地深呼吸。

接著，在餐桌上雙手交握，緩緩地開口：

「……我一直在思考，自己想和深月小姐過什麼樣的生活。」

桐谷打算說出非常重要的事。

聽到他認真的口吻，深月也正襟危坐。

「保持現狀也可以，但是，我想往前踏出一步……雖然這樣想，但是每次都沒有答案。如果深月小姐想要的和我的願望不一樣，那就不是我想追求的願望……所以，我再怎麼思考未來，都想不出答案。現在這個世界有太多選項，反而令人迷惘。」

桐谷像是在編織重要的東西一樣，緩緩地開口。

深月認真傾聽，想要接收每一個句子。他說的，都是深月自己想過的事。

「但是現在不一樣了……因為深月小姐已經告訴我想要什麼了。」

桐谷凝視深月。

堅定不移的視線，讓深月無法躲避。

「我的願望，或許會變成深月小姐的束縛，或許會讓妳覺得沉重。但是，我還是想和深月小姐一起體驗，多如繁星的男女經歷的日常生活。所以，雖然這是一句很平凡的話——」

說完，桐谷攤開握緊的雙手。

他的手裡有一個夜空色彩的戒指盒。

底座上靜靜躺著宛如星星般閃耀的鑽石戒指。

「妳願意嫁給我嗎？」

他的話沉入深月心中。

落到最深處的時候——

淚珠滴落，深月急忙按住眼角。

桐谷一臉慌張地探出身子。「不是啦。」深月伸手制止，然後笑了出來。

「魔力好像流到我這裡了……因為太高興，才會流眼淚。」

「呃……那……」

「我願意。以後請你多多指教了。」

聽到深月的回答，原本探出身子的桐谷，癱坐在椅子上。

「太……太好了……我還以為妳是因為不想嫁給我而哭……嚇死我了……」

「對、對不起，害你混亂了。」

「不會，如果是喜極而泣的話，我也很高興。拿出勇氣求婚，真是太好了。」

「不過，戒指是什麼時候準備的？你有錢嗎？」

「我一個月前訂做的。因為模擬婚禮，我已經清楚掌握深月小姐的戒指尺寸……不過，我是從過年的時候就有這個想法，從深月小姐說要當我的新娘那天開始，我就在找漂亮的戒指。」

「這、這麼早之前就開始？」

「因為還要存錢啊……我不是說了嗎？要按部就班，所以多花點時間也是很正常的事。」

他特別強調這句話。

了解背後的意義之後，深月再度覺得：桐谷果然很沉重啊……

不過，就是因為他的情深意重，才讓人安心。

「那接下來的步驟要不要也一起思考一下？」

「當然好！結婚登記、婚禮，還有其他的事情都要安排。」

「那個……話說回來，你求婚我才發現，今天是和你同居一週年的日子耶。」

「嗯，對啊。一年前的晚上妳把我撿回家，是我們的紀念日。」
「也就是說，等過了午夜，就是桐谷的生日對吧？」
「我都沒提起，妳竟然還記得啊。」
「不是啦，其實我也不確定，所以還沒買禮物……可是你卻準備了婚戒給我……
對不起……」
「沒關係沒關係，不用在意，深月小姐也說不需要生日禮物啊。」
桐谷問深月想要什麼生日禮物的時候，深月說不需要。
現在已經三十歲，和桐谷之間的年齡差距又變大了，這件事實在讓人無法開心。
「而且我對有形的東西沒什麼興趣。」
「是這樣嗎？呃，那怎麼辦……戒指的回禮要送什麼才好……」
這樣一說，桐谷就露出微笑。
深月有種不好的預感，在椅子上往後退。
「這個嘛……如果說要給我什麼禮物的話，我想要深月小姐的吻。」
「你不是說要在婚禮上吻嗎……？」
「親臉頰就好。」
「額、額頭不行嗎？」
「我想要深月小姐親臉頰嘛，今天是我生日啊。」

桐谷坐到深月身旁，探出臉頰。

想到一年前他也一直強調自己生日，深月嘆了一口氣。不過，沒有提前準備禮物也是自己不好。

所以，深月下定決心面向桐谷。

「不行這樣喔，要親嘴唇旁邊的臉頰才行。」

……原本想說親遠一點的地方就好，但是馬上被桐谷發現。

沒辦法，只好把手搭在桐谷的肩上，以免落點失準，就這樣慢慢地把嘴唇靠了過去。

然後在桐谷的嘴唇旁，留下充滿感謝的吻。

「……謝謝妳。」

他也在深月的臉頰上親了一下。

看著在眼前露出微笑的桐谷，深月一時之間不知道發生了什麼。

不過，嘴唇旁留下的觸感，過一下子就讓深月意會過來。

「啊——我好幸福，滿溢的魔力都要融化我的身體了。」

桐谷就像喝醉酒一樣。

從他眼中帶著熱氣，深月就知道魔力確實流入他的身體了。那就像是給貓咪木天蓼一樣。

「喔，這樣啊……既然如此，接下來要忙婚姻登記、婚禮之類的也沒關係囉？那我就把行程排滿喔。」

「嗯，排滿吧！」

深月本來是想出口氣的，結果桐谷從容地這樣回答。

他現在渾身充滿魔力，大概什麼都不怕了吧。

「……在那之前。」

桐谷從戒指盒裡拿出戒指。

扶起深月的左手，仔細地把戒指戴在無名指上。

「妳要好好戴著，不要讓奇怪的臭蟲靠近。」

「我會戴著啊，因為是你送我的嘛。」

深月再度凝視戒指。

戒指就好像有魔法似的。

和當初締結契約婚姻時一樣，戴戒指只是一瞬間的事情，卻能清楚感受到重量。

然後也因為這份重量，讓深月強烈認為接下來也要繼續往前走。

「……桐谷，謝謝你向我求婚。」

「哪裡，我才要謝謝妳……謝謝妳接受我。」

兩人在魔法的星空下，牽著手相視而笑。
彷彿在標示接下來要前進的道路似地，戒指在深月的無名指上閃了一下。

一不小心就和魔法師契約結婚了①

不可思議的丈夫&甜蜜的同居生活

來自「年下男友」的誘惑！
當「魚干女」遇見史上最強「家政夫」……

曖昧泡泡＋美味料理＋心頭小鹿亂撞……令人感動又捧腹的同居生活開始囉！
魔幻版「月薪嬌妻」！日本Amazon書店讀者★★★★心動推薦！

一覺醒來，深月赫然發現家裡不太對勁——原本堆滿垃圾的房間變得清潔溜溜、電熱水壺懸在空中沖泡咖啡、泡泡滿天飛的廚房裡，碗盤正一個個自動洗淨……
她差點忘了，這根本不是什麼奇蹟，而是她的「試婚生活」初體驗！就在昨天晚上，她半路「撿」了一個帥哥魔法師回家，還答應這個叫做「桐谷充」的不明男子以「契約結婚」爲前提同居。
儘管深月根本沒有結婚的打算，但他「包辦家務＋美味料理吃到飽」的提議實在太犯規，她完全無法拒絕這種誘惑！眼看茶來伸手、飯來張口的夢想終於要成眞了……欸等等，那個契約上究竟都寫了些什麼啊？

書館出版品預行編目資料

不小心就和魔法師契約結婚了②危險的追求者
vs.吃醋的丈夫/三萩千夜著；涂紋凰譯. -- 初版.--
臺北市：魔皇冠, 2021.5 面；公分. --（皇冠叢書；
第4937種；Dear 2）
譯自：魔法使いと契約結婚② あぶない後輩とやき
もちな旦那様

ISBN 978-957-33-3714-0（平裝）

861.57 110005055

皇冠叢書第4937種

Dear 2

一不小心就和魔法師契約結婚了

②危險的追求者 vs. 吃醋的丈夫

魔法使いと契約結婚② あぶない後輩とやきもちな旦那様

MAHOTSUKAI TO KEIYAKU KEKKON 2 -ABUNAI KOHAI TO YAKIMOCHINA DANNASAMA

First published in Japan in 2019 by Futabasha Publishers Ltd., Tokyo.
Traditional Chinese translation rights arranged with Futabasha Publishers Ltd. through Haii AS International Co., Ltd.

作　　者—三萩千夜
譯　　者—涂紋凰
發 行 人—平雲
出版發行—皇冠文化出版有限公司
台北市敦化北路120巷50號
電話◎02-27168888
郵撥帳號◎15261516號
皇冠出版社(香港)有限公司
香港銅鑼灣道180號百樂商業中心
19字樓1903室
電話◎2529-1778　傳真◎2527-0904
總 編 輯—許婷婷
責任編輯—張懿祥
美術設計—FE設計工作室
著作完成日期—2019年
初版一刷日期—2021年5月

法律顧問—王惠光律師

讀者服務傳真專線◎02-27150507
電腦編號◎579002
ISBN◎978-957-33-3714-0
Printed in Taiwan
本書定價◎新台幣260元/港幣87元